두루마리

오탁번 1943년 충북 제천에서 태어났다. 고려대 영문과와 대학원 국문과를 졸업하고 문학박사 학위를 받았다. 육사(1971~1974)와 수도여사대(1974~1978)를 거쳐 1978년부터 2008년까지 고려대 국어교육과 교수로 재직하며 현대문학을 강의하였다. 1966년 동아일보(동화), 1967년 중앙일보(시), 1969년 대한일보(소설) 신춘문예로 등단하였다.
한국문학작가상(1987), 동서문학상(1994), 정지용문학상(1997), 한국시인협회상(2003), 김삿갓문학상(2010), 은관문화훈장(2010), 고산문학상(2011), 목월문학상(2019) 등을 받았다.

오탁번 산문집

두루마리

초판 1쇄 발행 2020년 4월 20일

지은이 | 오탁번

펴낸곳 | (주)태학사
등록 | 제406-2020-000008호
주소 | 경기도 파주시 광인사길 217
전화 | 031-955-7580
전송 | 031-955-0910
전자우편 | thspub@daum.net
홈페이지 | www.thaehaksa.com

편집 | 김성천 최형필 조윤형
디자인 | 이보아 이윤경
마케팅 | 안찬웅
경영지원 | 정충만
인쇄·제책 | 영신사

값 18,000원

ISBN 979-11-90727-09-9 03810

오탁번 산문집

두루마리

태학사

머리말

두루마리는 그림이나 글씨를 표구할 때 액자에 넣지 않고 종이를 가로로 길게 이어서 둥글게 만 것을 말한다. 그때그때 편한 장소에서 펼쳐 볼 수도 있고 아무 벽에나 걸 수도 있으니 고정된 공간을 차지하는 붙박이 액자보다 더 실용적이다. 둘둘 말아서 보관하니까 만만하고 가뿐하다.

시와 소설에 대한 나의 자취를 손어림으로 모은 산문집을 하나 낸다. 두루마리 휴지 같은 씀씀이나 되는 산문집이 되면 좋으련만.

"7년이 지난 2월 달 아침, 나의 천장에서 겨울바람이 달려가고"(시 「라라에 관하여」)에 나오는 7년은 치악산-원주고-청량리-안암 캠퍼스로 이어지는 그 7년이다. 사실 어릴 때 나는 천등산과 박달재 사이 조그만 마을, 천장도 없는 초가집, 반자가 없어서 쳐다보면 서까래가 다 보이는 보꾹 아래에서 자랐지만.

그후 7년이 몇 번 더 지나갔다. 더디고 지루하게 또는 아주 빠르게. 지금 이 글을 쓰는 순간에는 시간의 흐름이 뇌성벽력을 치면서 빛의 속도로 질주한다. 과거와 현재가 시공을 넘나들며 명암과 원근이 굴절된다. 어제였던 오늘이 내일 같다. 내일이 모레 같고 모레가 글피 그글피 같다. 초침이 분침이 되다가 금세 시침이 된다.

젓배 곯은 아기에서 어엿한 청년으로, 밤송이머리 소년에서 검버섯 늙정이로, 해 지는 서녘에서 동트는 새벽으로 팽팽 돌아가는 시곗바늘은 마냥 제멋대로이다. 바늘 끝에 올라탄 나는 티끌처럼 바람에 날린다.

*「소묘와 대화」는 그동안 나를 만난 사람들과 주고받은 문답이다. 그때마다 다 다르게 서술의 초점이 다채롭다. 내 꼬락서니를 앞에서 옆에서 아주 세밀하게 그렸다.

2020년 봄

오탁번

차례

제4부 시, 스토리텔링

* 소묘와 대화

제 1 부

양피지 사본

그와 나

1

그의 이름은 dhxkrqjs이다.

모음은 하나도 없이 자음만 이어지는 이 이름을 어떻게 불러야 될까. 모음을 한두 개 붙여 발음하면, 드호크르퀴스? 이 괴상망측한 이름처럼 그는 평생을 시와 소설 사이에서 물구나무서면서 살아왔다. 아니, 죽어왔다. 시로 쓰는 소설? 이거야말로 얼핏 모순의 끝판 같아 보인다. 창과 방패가 서로 부딪치면 살벌한 살육의 불꽃만이 찬란한 것! 앞뒤가 어긋나고 왼쪽 오른쪽이 뒤틀리는 기막힌 명제 앞에서 그는 한참 망설였다. 화장실 볼 일 보고 나서도 영 뒤끝이 개운하지 않아서 대뜸 두루마리 화장지를 뽑지 못하는 만성 장염 환자처럼 엉거주춤한 상태였다.

잠시 후 그는 벌떡 일어섰다. 그렇다. 시가 소설이고 소설이 시다. 이렇게 마음먹자 아득히 흘러간 세월이 그의 눈앞에 과거완료가 아니라 현재진행형으로 펼쳐지기 시작했다. 한 걸음 더 나아가서 앞으로 떠오르게 될 사건의 지평선이 미래완료형의 야릇한 문법으로 다가왔다.

그는 원고를 쓰려고 담배를 한 대 꼬나물었다.

그 순간 갑자기 보르헤스의 돼지감자 같은 얼굴이 떠올랐다. 그가 습작하던 60년대에는 시와 소설을 넘나들면서 인간의 무한 상상력을 극한의 정점까지 밀어올린 보르헤스는 한국에 소개되지도 않았었다. 한국은 그런 의미에서 문학의 세계적 수준에서 본다면야 미개의 땅이었다.

보르헤스는 1899년 아르헨티나의 부에노스아이레스에서 태어난 부잣집 아들이었다. 도서관과 백과사전에 미친 보르헤스는 말년에는 실명할 정도로 유전으로 이어지는 시력장애인이었다. 당시 신흥대국으로 떠오른 아르헨티나의 부호들은 유럽으로 여객선을 타고 여행을 갈 때면 유럽의 쇠고기와 우유는 품질이 떨어진다는 이유로 자기 농장에서 사육하는 암소를 싣고 갈 정도로 호화롭기 그지없는 삶을 살았다.

그의 소설을 환상적 리얼리즘이라고 말하는 사람들이 많다. 허구와 현실을 순간적으로 착각하는 것은 1938년 성탄절 때 당한 불의의 사고로 입은 정신적 · 육체적 충격과 유전병인 시각장애에서 말미암은 환각과 왜곡의 상상력에서 비롯

됐는지도 모른다. 시와 소설의 경계를 무너트리고 맞바꾸는 보르헤스의 문학정신은 우리가 학교에서 습득한 딱딱한 문학이론으로는 결코 해명될 수 없는 불가지적인 것이다. 보르헤스의 작품은 이해되지 않기 때문에 위대한 것이다. 다 이해되는 문학은 고루한 상식에 지나지 않는다.

보르헤스는 87세가 된 1986년 4월 22일 비서였던 마리아 코다마와 결혼식을 올렸다. 아멘! 보르헤스는 그해 6월 14일 간암과 폐기종으로 사망하였다. 나무아미타불!

그는 보르헤스의 시와 소설을 한동안 되풀이해서 읽은 적이 있다. 무슨 뜻인지도 모르면서 뜻 모를 점자책을 더듬거리듯 했다. 작품의 줄거리를 간신히 따라잡았다고 느끼는 순간 보르헤스는 또다시 암흑 속으로 자취를 감추는 것이었다. 불쌍한 dhxkrqjs는 절규하였다.

— 아아. 이제 나는 시인도 작가도 아니다! 독자도 못 되는구나!

말 못할 절망에 시달리다가 장님 도서관장인 보르헤스가 미치도록 보고 싶은 마음을 억누를 수 없게 되었다. 보르헤스의 프로필을 그려보고 싶다는 욕망이 솟아올랐다. 그래서 화장실 벽에 낙서하듯 '보르헤스-수도사-버마재비'로 변용되는 엉뚱한 시를 쓰게 되었다. 그는 이 시를 쓰고 나서 혼자 중얼거렸다.

—보르헤스에 대한 최고의 헌사다!

이 세상에 존재하지도 않는 백과사전을
꿈에서도 읽고 또 읽던 보르헤스가
술집에서 포도주를 마시다가
감기 기운을 느끼고는
집에 가서 아내와 쟈스민 차나 마시려고
밖으로 나와 니코바르 2가 쪽으로
느적느적 걸어갔다
보르헤스를 본 버스 운전사가
낡은 버스를 세웠다
그때 보르헤스는 갑자기
쟈스민 꽃이 하얗게 핀
중세의 수도원으로 사라졌다
늙은 운전사가 고개를 갸우뚱하면서
헛것을 보았나, 하품을 했다

보르헤스는 중세의 수도원에서
게으른 수도사가 되었다
핼끔힐끔하는 수녀와 몸을 섞다가
심심해지면 쟈스민 밭에 오줌을 누었다

쟈스민 흰 꽃 위에서

교미하다가 암컷에게 먹히는

수컷 버마재비를 보았다

몸을 섞다가 죽을 수 없다면

참 부끄럽다는 생각을 하자

보르헤스는 순식간에 수컷 버마재비가 되었다

그 후 쟈스민 향이 더 그윽해진 것은

교미하다가 죽은

보르헤스의 오줌과 정액이

쟈스민 흰 꽃술마다

깊고 부드럽게 스몄기 때문이라고

『세계차백과사전』(Oxford Univ. Press, 1958) 69쪽에

자세하게 기록되어 있다

-「쟈스민 차」

보르헤스는 죽음을 몇 해 앞두고 하이쿠 17수를 쓴 적이 있다. 맨 마지막 작품이 특히 가관이다.

늙은 손이

여전히 시를 쓰네

그의 시 「쟈스민 차」를 뒤늦게 읽은 보르헤스가 간밤에 저승에서 이메일을 보내왔다. zbgfaswkiljhjnmvcxatyuva… 이메일은 끝없이 이어지고 있었다. 하지만 버마재비가 된 보르헤스의 문자를 어찌 해독할 수 있으랴! 그는 깊은 한숨을 내쉬었다.

이미 말한 대로 이 글의 3인칭 캐릭터인 '그'의 이름은 dhxkrqjs이다. 드흐크르퀴스? 그런데 보르헤스 생각에 골몰하던 그가 노트북 글자판에서 한/영 변환 키를 누르니까, 금방 '오탁번'으로 변한다. 그러니까 이 글은 애초에 '오탁번'이 쓴 원고 위에다가 복면의 dhxkrqjs가 괴발개발 개칠한 양피지 사본palimpsest인 셈일까? 소설이 시로 시가 소설로 순간적으로 변태를 한다. 원고 쓰기를 끝내면서 그는 혼잣말을 한다.

—늙은 손이 여전히 글을 쓰네. 망각을 위해!

2

나의 어머니는 서른 살에 4남 1녀의 막내인 나를 낳으셨다.

어머니 열여덟에 큰형, 스물하나에 둘째형, 스물넷에 셋째형, 스물일곱에 누나 그리고 서른 살에 막내인 내가 태어났다. 출산율이 세계 최하위인 지금의 현실에서는 허구 같은 사실이다. 우리 집은 뼈대는 있으나 재산은 바닥나서 체면만 있고 팔다리는 없는 몰락한 선비 가문이었다.

어머니는 영양실조로 나를 낳고도 젖이 말라서 나는 젖동냥으로 목숨을 부지했다. 내가 태어난 해는 해방 3년 전으로 식민지 지배를 받던 강토는 죄다 기아에 시달리는 상황이었다. 해방된 해에는 아버지가 돌아가셨다.

젊은 시절 어느 날 미아리 점집에 심심풀이로 사주점을 보러 간 일이 있는데 장님인 점쟁이는 내 사주를 듣고 손가락으로 한참 헤아려보더니 이렇게 말하며 홱 돌아앉아버렸다.

—이 사주는 어릴 때 명줄이 끊어진 팔자야!

점쟁이의 말과 다르게 내가 목숨을 부지한 이유는 무엇이었을까. 내 힘으로는 도저히 풀 수 없는 내 생애의 퍼즐 한 조각이 어머니가 꾼 태몽에 숨어 있는 것 같다.

어머니는 살아생전에 나에게 태몽 이야기를 여러 번 하셨다.

어머니의 태몽 이야기는 너무도 초월과 비약을 넘어서는 어불성설이어서 논리적인 가늠자로는 도저히 잴 수 없는, 불립문자로 기록된 절대상징이다.

2014년에 낸 나의 아홉 번째 시집 『시집보내다』에 실린

「태몽」에서 '나'는 내 생애의 비밀스러운 퍼즐을 해독해본 적이 있다. "나는/ 나의 전생인/ 그 동자승이 되고 싶다"라고 한 나의 고백은 한 치도 어긋남이 없는 나의 미래의 팔자다. 점쟁이의 말처럼 나는 유년시절에 이미 죽었다.

그런데 안 죽었다. 왜? 나는 어머니의 태몽에 나오는 그 동자승이니까!

어머니가 저녁쌀을 안치려고
부엌에서 아궁이에 불을 때고 있는데
동자승 하나가 사립문으로 들어오더니
다짜고짜
어머니의 팔뚝을 꼭 깨물었다
깜짝 놀라 잠을 깬
어머니의 팔뚝에는
동자승 이빨 자국이 선명했다

나는
나의 전생인
그 동자승이 되고 싶다

-「태몽」

세월이 쏜살같다느니 유수流水 같다느니 말한다. 둘 다 죽은 비유이지만 이 중에서 '쏜살같다'라는 비유는 아직도 벌떡벌떡 숨을 쉰다. 활시위를 떠난 화살이 적군 장수의 이마빡에 명중하면 전쟁은 끝이다. 지금 세월의 화살이 나를 향해 마구 날아온다. 세월의 화살은 앞으로도 날아가고 뒤로도 날아간다.

미래로 과거로 자유자재 변화무쌍 빛의 속도로 날아간다.

1967년 1월. 53년 전으로 활시위를 당긴다.

한국일보사 뒷골목 다방에서 주간한국 기자와 인터뷰를 하게 되었다. 그해 1월에 신춘문예에 당선한 권오운(조선일보)과 윤상규(경향신문) 그리고 나(중앙일보), 이렇게 젊은 시인 셋이 다방에 모였다. 습작과정과 등단소감 등 이런저런 이야기를 한 끝에 마지막으로 기자가 이렇게 물었다.

—제일 좋아하는 현역 시인은 누굽니까?

권오운과 윤상규는 누구누구라고 대답했는데 그게 누구였는지는 기억나지 않는다.

나는 이렇게 대답했다.

—박성룡 시인이 그중 제일 좋아요.

옆에 앉은 권오운 시인이 내 옆구리를 툭 치며 말했다.

—이분이 바로 박성룡 시인이야.

평소에 김종길 선생한테서 박성룡 시인의 이야기를 많이

들어왔고 그 무렵 발표된 그의 「과목」, 「교외」, 「처서기」 같은 작품에서 좋은 인상을 받은 적이 있어서 내 딴에는 이렇게 자신있게 말한 것이다. 그런데 질문한 기자가 바로 박성룡 시인이라는 말을 듣고 나는 얼굴이 홍당무가 됐다. 며칠 후 나온 주간한국 '금주의 인물'에는 물론 이 이야기는 기사화되지 않았다. 나는 정말 세상 물정을 하나도 모르는 한심한 책상물림이었다. 갓 등단한 젊은 시인들을 상대로 인터뷰를 하고 '금주의 인물'에 큼지막한 사진과 함께 보도한 주간한국은 그 당시 가장 독자가 많은 권위 있는 주간지였다. '금주의 인물'에는 정치 경제 사회 문화 분야의 유명인들만을 골라 인터뷰 기사를 실었었는데 이런 관례를 무시하고 새파란 시인들을 불러 인터뷰를 했다는 것은 참 기이한 일이었다.

2년 후 1969년 1월에 주간한국 '금주의 인물'에 나는 또 한 번 '신춘문예 3종 3연패'라는 거창한 제목으로 실렸다. 그해에 대한일보 신춘문예에 소설이 당선되었으니 동화, 시, 소설 세 부문에 걸쳐 신춘문예에 당선이 된 것이었다. 정확하게 말하면 '3연패'가 아니었다. 스포츠 선수의 연달은 우승처럼 제목을 뽑았으나, 1968년 신춘문예에서는 소설이 몽땅 낙선하고 한 해 걸러 당선됐으니 말이다. 이게 세간의 화제가 되었다. 새파란 신인이 두 번씩이나 '금주의 인물'로 기사화된 것은 유례를 찾을 수 없는 희귀한 일이었다.

그 꼭지에 원래 들어갈 사람이 무슨 연유에서인지 펑크가 나는 바람에 내가 대타로 나가게 됐는지도 모른다. 나는 졸지에 전국 규모의 유명인이 되는 행운을 누렸지만 다시 생각해보니 바로 이 일 때문에 나는 시인-소설가의 이율배반적인 고뇌의 그네타기를 감수해야 하는 팔자가 됐는지도 모른다.

곡마단의 피에로 신세가 된 것도 다 주간한국의 '금주의 인물'이 내 운명 앞에 던진 올가미이며 풀 수 없는 퍼즐이다.

3

다늙은이 나도 조국의 현재와 미래에 대하여 이 생각 저 생각 떠오를 때가 종종 있다. 어쩌다가 화해의 분위기가 조성되다가도 또다시 냉전의 차디찬 벼랑으로 내몰리곤 하는 게 그동안의 남북관계의 행로였다. 남과 북의 정권 담당자들은 민족화해와 통일 조국을 지향한다고 말로는 떠들지만 제각각 정권 유지의 방편으로 삼을 뿐 분단의 비극은 현재진행형이다.

대통령의 베를린 구상에 대한 북한 노동신문의 논평을 보면, 그들은 토박이 우리말을 효과적으로 구사하고 있다는 사실을 알 수 있다. 베를린 구상이 무엇이었는지도 잘 생각나지 않는데, 아마 이산가족 상봉과 무슨 군사회담 개최 제안이었을 것 같은데, 북측은 그런 제안을 맞받아치면서 "그러한 기적이 일어나기를 바라는 것은 노루잠에 개꿈"에 지나지 않는다고 했다. 그들이 상투적으로 외치는 서울 불바다니 뭐니 하는 협박 공갈은 식상해진 말에 지나지 않아서 그냥 그러려니 하면서 귓등으로 들어왔지만 이번에 '노루잠에 개꿈'이라는 논평을 보면서 정신이 퍼뜩 들었다. 노루잠? 말솜씨 한번 오롯하구나. 노루잠이 무슨 뜻인지 사전을 찾아보았다. '노루잠'은 깊이 잠들지 못하고 자주 깨는 잠을 뜻하는 우리말이다. 그러니까 '괭이잠'과 비슷한 말이다.

우리말의 오밀조밀한 뜻을 찾아서 말 하나를 붙잡고 밤을 새우며 씨름하는 나의 눈에는 이들의 이러한 논평이 그냥 정말이지 마음에 쏙 들었다. 이쪽저쪽 당국자들이 서로 주도권을 노리면서 티격태격하는 정치놀음 따위는 내 알 바 아니지만, 북측이 내놓는 우리말 논평에서 '노루잠'이라는 말을 보고는 북쪽에는 우리 민족의 영혼을 보듬고 지켜내는 어떤 위대한 정신이 살아 있구나 하는 생각이 들었다. 헐벗고 굶주릴망정 그들은 그래도 우리말의 숨결을 꿋꿋이 지키고 있다는 생각. 내가 다 늦게 무슨 '위수김동'으로 변신을 하려는 게 아니다.

그런데 남쪽은? 정치하는 사람들이나 지도층에 자리한 이들이 입만 열면 외래어를 자랑삼아 쓰는 꼴을 영 마땅찮게 보아온 나로서는 북쪽 사람들의 우리말 사랑이 못내 기특해 보이기만 했다. 소월도 백석도 다 북쪽 시인 아니던가. 우리말 사랑의 혈연적 무의식이 북쪽의 산하에는 널리 퍼져 있는 것은 아닐까.

「노루잠」은 이러한 나의 궁뚱망뚱한 생각을 넌지시 나타낸 것이다. 이 시에서 북쪽이 남쪽을 빨리 흡수 통일하라는 말이 적화 통일하라는 단순한 뜻이 아니라는 것은 기본적인 독해력이 있는 사람이라면 다 알 것이다. 그래도 보는 이에 따라서는 뭔가 눈에 거슬리는 게 있었나 보다. 처음에 이 시를 어느 시잡지에 보냈는데 게재하기가 뭣하니 다른 작품을 줄 수 없느냐는 연락이 왔다. 나는 입맛이 좀 썼지만 다음 기회로 미루자고 하고 없던 일로 넘겨버렸다. 마침 다른 시잡지에서 신작시 두 편과 대표시 세 편을 청탁한 게 있어서 이 시를 거기에 보냈는데 그들은 두말없이 실었다. 이 시의 시안은 바로 맨 마지막 행 '에헴'에 있것다? 에헴!

> 괭이잠이라는 말은 알았지만
> 노루잠이라는 말은 처음 들었다
> '깊이 들지 못하고 자주 깨는 잠'

노루목, 노루발, 노루꼬리, 노루종아리
사전을 찾아보니까
예쁜 우리말이 깡충깡충 뛰논다
논평이든 성명서든
암, 이쯤은 돼야지!

여의도 시러베들은
입만 열면
되지도 않은 외래어를 나불댄다
노동신문 우리말 논평을 보니
미사일 한 방
마빡에 맞은 것 같다
햇볕이고 달빛이고
다 쓰잘머리 없다
북쪽이 남쪽을
날래 흡수 통일할 것!
에헴!

-「노루잠」

대통령의 신년기자회견 때의 일이다. 겨울 올림픽에 북한이 참가하게 되어 남과 북이 모처럼 해빙을 맞게 된 데 대하여 어느 외신 기자가 그 과정에 미국의 역할이 있었느냐는 질문을 했다. 대통령은 그렇다고 하면서 미국 대통령에게 감사하다고 말했다. 아무렴. 이에 대하여 북한이 그대로 넘길 수는 없는 일. 북한 노동신문은 곧바로 가을 뻐꾸기 같은 수작이라고 비난하였다. '가을 뻐꾸기'라니. 누가 가을 뻐꾸기인지는 두고 봐야 알겠지만, 어떻게 이런 감칠맛 나는 말을 쏙쏙 잘도 쓰는 것일까. 노루잠 자고 개꿈 꾸는 가을 뻐꾸기? 허허, 그것 참!

사전을 찾아보면 아침 이슬처럼 영롱한 우리말이 수두룩하다. 형용사 부사 하나에도, 작은 말, 큰 말이 따로 있다. 그까짓 말 하나 가지고 뭘 그러냐고? 아무렴, 나는 말 하나를 가지고 별별 오두방정을 떠는 철부지 시인이다. 사전에는 때 묻지 않은 토박이말이 원석처럼 숨어 있다. 어떤 때는 시 한 편을 쓰느라고 며칠 동안 사전과 씨름하는 일도 많다.

「노루잠」이라는 시를 쓰면서 '노루종아리'라는 말도 처음 알았다. 노루종아리는 노루의 종아리가 아니다. 소반 다리 아래쪽의 아무런 새김이 없는 매끈한 부분이나 문살의 가로살이 드물게 있는 부분을 가리키는 말이다. 토박이 우리말을 모른 채, 그냥 대충 주제에 대한 상투적인 뜻풀이에 그치거나 우리말의 숨과 결을 마구 파헤쳐서 해체하는 일을 무슨 큰 전위적인 시정신인 양 착각하는 일 또한 우리 시의 미래를 위해서는 백해무익한 것이다.

오늘날 시인의 임무는 아득히 사라진 옛 시인들의 시—할머니와 할아버지들의 언어를 다시 복원하는 일이 아닐까 하는 생각이 들 때가 많다. 인공지능 시대에 살면서도 시인의 시적 인식은 늘 아득한 과거에서 출발해야 한다. 태고의 암흑과 대폭발을 거쳐 선사시대 수렵인들의 발자국을 따라 언어의 세계를 탐험해야 한다. 농경사회와 산업화 시대의 우여곡절을 찾아가야 한다. 우리 민족의 원형상징을 찾아가는 각고의 노력을 기울여야 한다.

문학작품에 나오는 토박이 우리말의 뜻을 찾아 밝히는 것을 평생의 과제로 삼은 이 중에 내가 아는 민충환 교수가 있다. 홍명희의 「임꺽정」을 비롯하여, 오영수, 최일남, 이문구, 박완서, 송기숙의 소설에 나오는 토박이 우리말을 선별하여 소설어사전을 만든 사람이다. 그가 지지난해 봄이던가, 내가 사는 폐교된 분교로 찾아왔다. 그도 나도 다 백발의 늙정이였다. 그는 부천대학에서 국문학을 가르쳤고 정년 후에도 그 지역 문학동호인들을 지도하고 있어서 회원들과 함께 찾아온 것이었다. 이런저런 이야기를 하다가 그때 내가 쓰고 있는 시에 대해서 이야기를 했다. 요즘은 바리캉을 사서 내 스스로 머리를 깎는다는 이야기를 소재로 쓴 시였는데 거기 나오는 '지날결'이라는 말이 '꿈결'이라는 말처럼 참 잔잔하면서도 낙낙하지 않느냐고 말했다.

내 말을 들은 그는 등잔 밑이 어둡다더니 나의 시를 처음부터 다시 읽어야겠다면서 오탁번 시어사전을 만들고 싶다고도 했다. '지나다가', '지날 때', '가서'라는 말과 '지날결'을 비교해보면 이 말 하나에 화자의 내적 심리 상태가 고스란히 비치고 있음을 알 수 있을 것이다.

지난봄 충무로를 지날결에
이발기구 가게가 보여
바리캉 하나를 샀다
그때부터 손수 머리를 깎는다
홀랑 벗고 거울 앞에 서서
내 이름으로 호명되는
낯선 쭈그렁이를 본다
숱진 머리 다 사라지고
듬성듬성 흰머리만 남았다

두 뺨 가득 검버섯이
저승길을 손짓한다
지망지망한 솜씨로
어느 날, 앗!

바리캉으로 귀를 자를지도?
머리를 깎을 때마다
아슬아슬 똥줄 당기지만
간동한 머리를 볼 때마다
기분이 그만이다

-「지날결」

사람들이 나에게 요즘 어떻게 지내느냐고 가끔 묻는다. 나의 대답은 늘 이렇다. 그냥 그래. 아무것도 안 해. 그렇다. 나는 요즘 아무것도 안 하면서 잘 지낸다.

시인이 쓰는 수필에는, 그 시인이 쓴 최근의 작품이나 근황이 나오는 게 지극히 정상이라고 스스로 지레짐작하고, 요즘 내가 살고 있는 처지를 눈에 보이는 듯 실토한 시 한 편을 소개하는 게 순서일 것 같다. 까놓고 말하면 '잘코사니'라는 말을 독자들에게 알려주고 싶은 마음이 굴뚝같기 때문이다. '잘코사니'는 얄미운 사람이 불행한 일을 당하거나 봉변당하는 것을 고소하게 여길 때 하는 말이다.

쥐코밥상 앞에서
아점 몇 술 뜨다가 만다
저녁은 제대로 먹으려고

밥집 찾아 들랑날랑하지만

늙정이 입맛에 영 아니다

다 버리고 고향을 찾아왔는데

입은 서울을 못 잊었나 보다

야젓하게 살고 싶지만

뭘 먹어야 살든 말든 하지!

강풍경보가 발령된 겨울밤

휘몰아치는 눈보라에

나뭇가지 부러지는 소리 요란하다

다 낡은 분교 사택

지붕도 몽땅 날아가겠다

낙향하여 선비처럼 산다고?

그래 잘 살아라

쌤통!

잘코사니!

-「겨우살이」

미래의 서울

2008년 가을, 현재의 내 주민등록지는 춘천시 퇴계동 1021번지 뜨란채 아파트이다. 세대주는 아내 김은자이고 나는 그 밑의 세대원인데 남자 체면에 여자 밑으로 들어가는 게 뭣하기는 해도 어쩔 수 없이 그렇게 되었다.

아내가 춘천에서 20년 동안 전세 아파트 살면서 주민등록을 옮겨놓고 있었기 때문에 나는 일찍이 주민등록상으로는 '독거노인'이었던 것인데, 지난해 어느 날 문득 뜻한 바 있어서 주소지를 아예 춘천으로 옮겨놓게 된 것이다.

뜻한 바 있다는 것은, 뭐 대단한 것이 아니고, 서울 삼호아파트에서 30년 가까이 살면서 아들딸 다 키워 시집장가 보내고 나니까, 춘천의 한림대학에서 교편을 잡고 있는 아내는 이제 세상사 다 시들해졌는지, 허리 아프네, 논문 쓰네 하면서 서울 발길이 점점 뜸해지는 것이었다.

어느 날, 빈 안방, 빈 아들 방, 빈 딸 방만 있는 집에 홀로 외롭게 앉아서 아홉시 뉴스를 보고 있을 때였다. 카이스트에서 인공지능 로봇을 제작했다는 뉴스였다. 깜찍하게 생긴 아가씨 로봇이 주인을 알아보고 눈을 깜박이며 인사를 하는 것이 아닌가. 나는 문득 저걸 하나 사다가 현관에 놓아야겠다는 생각이 퍼뜩 들었다. 어두운 빈집에 들어오면서 느끼는 적막감이 바로 해소되겠다 싶은 생각이 든 것이었다. 현관문을 열고 집에 들어설 때마다 눈을 깜박이며 상냥하게 인사를 하는 아가씨가 있으면 오죽 좋겠느냐는 생각이 든 것이었다. 그래서 이튿날 수소문해서 로봇에 관해 알아보았다. 아뿔싸! 값이 무려 1억 원이란다. 또 시제품이어서 살 수가 없다는 것이었다.

아아. 내가 지금 너무 외롭구나. 벼락에 맞은 것처럼 이런 생각이 들었다.

나는 부랴부랴 아파트를 전세 놓고 춘천 아내 집으로 이사를 했다. 부부가 한 이불 속에서는 못 자도 주민등록은 한 군데 있어야 된다는 것을 뒤늦게 깨달았다. 평소에 정년퇴직을 하게 되면 깊은 산속으로 들어가서 암자를 짓고 인간 세계와는 절연하고 살겠다고 떵떵거린 것도 다 흰소리였다는 것을 스스로 깨닫게 된 것이었다. 사람은 역시 사람 사이에서 지지고 볶으면서 살아야 된다는 것을 뒤늦게 절감한 것이었다.

그래서 나는 지금 춘천시민이 되었다. 주민등록을 이전하기 위하여 퇴계동사무소에 갔을 때 나는 말했다. 요즘 지방도시마다 인구를 늘리려고 안달인데 춘천시민이 한 명 늘었으니까 기념품 같은 거 안 주느냐고. 그랬더니 춘천은 그런 게 없단다. 춘천은 도청 소재지여서 배가 불렀는지, 볼펜이나 수건 하나 안 주고 나 같은 모범시민을 공짜로 챙긴 것이다.

내가 춘천시민이 된 것은 앞에서 이야기한 적막감 때문만은 아니었을지도 모른다.

무의식 속에서 어느 날엔가는 내가 춘천에 가서 살지 모른다는 생각을 은연중에 하고 있었는지도 모른다. 왜냐하면 춘천에는 '영희 누나'가 살기 때문에!

누나는 오늘의 '나'가 있게 한 분으로 내 시와 글에 여러 번 나와서 알 만한 사람은 다 알고 있을 것이다. 내가 '영희 누나'를 시와 산문에서 하도 여러 번 말했기 때문에 지난 학기 어느 대학에서 나온 내 시를 분석한 석사논문에는, '영희 누나'가 나의 시세계의 근저에 항상 원형적 상징으로 작용한다는 지적까지 있을 정도이니 말이다. 가난한 소년에게 꿈을 심어주어 마침내 그 소년이 모든 역경을 극복하고 성공한다는 전형적인 서사구조가 사람들에게 깊은 인상을 주었는지도 모른다. '선생님'이 '누나'가 되는 인간관계가 차라리 시적 변용보다 더 시적이라고 느끼는 사람이 많았는지도 모른다.

벌써 오래전에 쓴 시 「영희 누나」를 한 부분만 옮겨보겠다.

멀리 솟은 천등산 아래 잠든 마을에
풍금을 잘 치는 예쁜 여교사가 왔다
어느 날 하굣길에 개울의 돌다리를 건너며
들국화 한 송이 가리키듯 나를 손짓했다
　탁번아 너 내 동생 되지 않을래?
　전쟁 때 부모가 다 돌아가시고
　오빠도 군대에 가서 나는 너무 외롭단다
선생님이 누나가 되는 정말 이상한 일이
아무렇지도 않은 듯 일어났다
송홧가루 날리는 봄 언덕에서
나는 산새처럼 지저귀며 날아올랐다
누나다 누나다 선생님이 이젠 누나다
영희 누나다 영희 누나다

어쩌자고 스물한 살짜리 여교사가 성도 피도 다른 나를 동생으로 삼고 또 내가 초등학교를 졸업하자 자기 오빠가 사는 원주로 중학교 진학을 시켰던 것일까. 어쩌자고! 누나는 학교를 그만두고 결혼을 하여 춘천으로 떠났고 직업군인이었던 영희 누나의 오빠는 1년 후에 철원으로 부대 이동을 하여 또 원주를 떠났다. 그 후 내 어머니가 원주중학교 옆에 방을 얻어서 삯바느질하면서 나를 뒷바라지했다. 스물 몇 살밖에 안 된 나이였던 영희 누나. 그저 정 때문에 나에게 중학교 진학의 모티프를 제공해주었던 영희 누나였던 것이다. 내 생애가 이어지는 험난한 길 위에 이정표를 세워준 영희 누나는 결혼 후에 다시 복직을 하여 춘천과 화천 등지에서 오래 교편생활을 하다가 은퇴했다.

그 누나가 지금 춘천 사농동 아파트에 살고 있다. 나보다 열 살 많은 일흔여섯 살 된 영희 누나가 살고 있는 곳, 춘천!

나는 충청북도 제천 태생이다. 그러나 원주에서 중고교를 다녔기 때문에 반은 강원도 사람인 셈이다. 나는 언젠가 술자리에서 이렇게 말한 적이 있다.

"강원남도 초대 도지사는 바로 나다."

벌써 20년도 더 전에 행정구역 개편안이 발표된 적이 있다. 그때 나온 게 경기도와 강원도를 경기남북도, 강원남북도로 나누자는 안이었다. 생활권이 같은 충북의 충주, 제천, 단양과 강원도의 영월, 원주, 횡성을 합해서 강원남도를 만들자는 안이었다. 옳거니! 만일 그렇게만 된다면 강원남도 도지사는 내 차지다 하는 생각이 퍼뜩 들었던 것이다. 나 말고 충북 제천과 강원도 원주에 지연과 학연이 있는 사람이 어디 있겠는가. 그 당시 정치판이 하도 지역 색깔에 의하여 좌지우지되는 꼴이 지겨워서 약간은 야지 놓느라고 한 말이었지만 그 후 날이 갈수록 아직 태어나지 않은 미래의 정치인으로서 나의 꿈을 버린 적이 없는 것 같다. 나는 강원남도가 탄생하는 그날을 기다리며 은인자중해왔다고나 할까.

내 마음속 상상력의 지도에는 아주 선명하게 강원남도 지도가 그려져 있다.

재작년 봄 발표한 중편소설 「포유도—중내북만필」에는 이와 같은 나의 구상이 고스란히 담겨 있다. 충주의 옛 지명은 중원中原이고 제천은 내제柰堤이며 원주는 북원北原이다. 그러니까 중내북中柰北은 충주, 제천, 원주를 뜻하는 광역 지방 도시를 가리키는 말인데, 언젠가 강원남도가 생기면 델타 지역의 거점이 될 수밖에 없는 핵심적인 도시가 된다. 소설의 주인공인 '나'는 바로 이 세 도시를 근거로 강원남도 초대 도지사가 된 다음 차츰 내가 통치하는 영토를 무력을 사용해서 확장을 하는 것이다. 즉 춘천을 포함한 강원 북부는 물론 휴전선 너머 이북까지 흡수 점령하는 것이다.

처음에는 강원남도로 출발했지만 종당에는 독립국가를 선포하여 남북의 중앙정부를 무너뜨리고 진정한 단일국가를 건설하는 것을 목표로 삼는 것이다.

중내북 지도

식민지 시대에 일제의 앞잡이가 되었다가 해방 후에는 잽싸게 흔해빠진 민주주의의 탈을 쓰고 호의호식한 놈들과, 또 민족 주체와 독립투쟁의 혁혁한 싸움을 내세워서 권력을 장악한 후에는 자기 백성을 굶주리게 하며 언필칭 주체사상을 주장하는 사이비 프롤레타리아를 일거에 박살낼 수 있는 진정한 독립국가가 건국되는 것이다. '나'가 통수권자가 되는 '국가'는 일찍이 우리나라 역사에서는 듣도 보도 못한 유토

피아가 되는 것이다.

그런 날이 오면 마땅히 춘천은 내가 세운 유토피아적인 국가의 명실상부한 수도가 되는 것이다. 한반도의 지도를 펴 놓고 보면 춘천이 바로 국토의 중심이라는 것을 단박에 알 수 있지 않은가. 그러므로 춘천은 미래의 서울이다.

지금 서울과 춘천 간 철도 복선화 공사가 진행되고 고속국도가 놓이고 있지 않은가. 내가 건국할 미래의 국가가 탄생하기 위해서 병력과 군수물자를 수송할 도로를 미리 닦고 있는 셈이다. 지금 구상하고 있는 나의 웅대한 계획의 타당성이나 실현 가능성을 논증할 자신은 없다. 또 논증할 생각도 없다. 모든 위대한 역사는 논리적인 기승전결 없이 어느 순간에 폭발하듯 시작되는 것이다. 우주 탄생의 빅뱅처럼!

아내와 영희 누나가 살고 있는 춘천으로 내가 주민등록을 옮기게 된 것도 이와 같은 위대한 순간을 맞이하기 위한 운명적 징조라는 생각이 든다. 미래의 어느 날, 강원남도가 남과 북의 정권을 무너뜨리고 국토를 통일한 다음 반드시 춘천을 새 수도로 정할 것이다.

아주 가까운 미래의 어느 날, 새로운 국가의 건국을 선포하는 자리에서, 아주 가까운 과거의 어느 날에 내가 퇴계동 뜨란채 아파트 주민이었고 아주 모범적인 춘천시민이었다는 것을 알게 된 국민들의 환호 소리가 벌써부터 쟁쟁하게 들려 오고 있다.

몸의 오솔길

1

아홉수가 위험하다는 속설이 아주 틀린 말은 아닌 듯, 나는 아홉수가 되는 해마다 병원 신세를 졌다. 1992년 마흔아홉에는 탈장 수술을 받았고 2002년 쉰아홉에는 뇌수술을 받느냐 마느냐 하는 위급한 상황에서 그야말로 '죽음'의 문턱까지 가는 큰 고생을 했다.

2001년 12월, 앙코르와트 여행을 할 때부터 머리가 욱신욱신 아프기 시작했다. 여행을 가기 전 출근길에 자동차 추돌 사고를 당한 적이 있지만 범퍼만 약간 우그러지고 나는 멀쩡해서 가볍게 생각하고 넘겼는데 그게 원인인지도 몰랐다. 귀국해서 진통제를 사먹었는데도 조금도 좋아지지 않았다. 꼭 머릿속이 수세미를 꽉 짜는 것처럼 욱신욱신 씀벅씀벅 희한하게 아팠다. 그래, 알았다. 네가 또 아홉수 타령을 하는구나.

12월 30일 아침, 나는 내 몸에게 이렇게 말하고 가벼운 마음으로 대학병원으로 갔다.

CT 촬영이 끝나자 의사가 깜짝 놀라며 곧바로 나를 중환자실에 입원시켰다. 뇌혈관에 출혈이 있다는 것이었다. 그 순간부터 나는 뇌수술을 기다리는 응급 중환자가 돼버렸다. 죽음이 바로 코앞에서 손짓을 하고 있었다. 그래. 좋다. 마취를 하지 않고 아주 생짜로 뇌수술을 받으리라. 좋다. 무마취 뇌수술이다! 죽음? 너, 나한테 죽었다! 나는 처음으로 '죽음'의 얼굴을 보았다. 나는 나한테 분노했다.

중환자실은 생지옥이었다. 며칠 후 일반병실로 옮기라는 의사의 지시가 나왔다. 뇌혈관 출혈의 경과를 봐가면서 수술 여부를 결정한다는 것이었다. 온종일 링거 주사를 맞고 별별 약을 다 먹으면서 뇌수술이냐 아니냐 하는 갈림길에서 20일간 죽음을 기다리며 새해를 맞았다.

왼쪽 머리가
씀벅씀벅 쏙독새 울음을 울고
두통은 파도보다 높았다
나뭇가지 휘도록 눈이 내린 세모에
쉰아홉 고개를 넘다가 나는 넘어졌다

하루에 링거주사 세 대씩 맞고
설날 아침엔 병실에서 떡국을 먹었다
수술 여부를 결정하는 의사가
첩자처럼 병실을 드나들었다

수술 받다가 내가 죽으면
눈물 흘리는 사람 참 많을까
나를 미워하던 사람도
비로소 저를 미워할까
나는 새벽마다 눈물지었다

두통이 가신 어느 날
예쁜 간호사가 링거주사 갈아주면서
따뜻한 손으로 내 팔뚝을 만지자
바지 속에서 문뜩 일어서는 뿌리!
나는 남몰래 슬프고 황홀했다

다시 태어난 남자가 된 듯
면도를 말끔히 하고
환자복 바지를 새로 달라고 했다
—바다 하나 주세요

내 입에서 나온 말은 엉뚱했다

—바다 하나요

바지바지 말해도 바다바다가 되었다

언어기능을 맡은 왼쪽 뇌신경에

순식간에 오류가 일어나서

환자복 바지가

푸른 바다로 변해 버렸다

아아 나는 파도에 휩쓸리는

갸울은 목숨이었다

-「죽음에 관하여」

「죽음에 관하여」는 이때의 체험, 특히 언어장애가 일어났던 신비한 일을 토대로 쓴 일기 같은 시다. '바지'라고 말해도 내 입에서는 자꾸 '바다'라는 말이 나오는 게 아닌가. 하루 이틀 지나자 언어기능이 정상으로 돌아왔다. 지금 입때까지도 참으로 이해할 수 없는 신비한 체험이라는 생각을 지울 수 없다.

1.4킬로그램에 불과한 사람의 뇌에는 1천억 개나 되는 신경세포 뉴런neuron이 있는데 이걸 다 이어붙이면 18만 킬로미터가 되어 지구를 네 바퀴나 돌 수 있다고 한다. 이러니 우리

몸이 지닌 불가해한 신비를 평소에는 전혀 눈치 챌 수가 없는 것이다. 몸의 오솔길은 오솔길이 아니고 끝없는 미로다. 언어기능을 담당하는 좌뇌가 순간적으로 제 기능을 하지 못해 엉뚱하게도 '바지'가 '바다'로 변해버린 것이다. 왜 하필 바다일까? 나중에 누구한테 들으니까 뇌신경을 다친 어떤 환자는 물질명사만 몽땅 까먹는 일도 있다는 것이었다.

아무래도 사람 머릿속에는 언어의 집합과 맥락을 기분 내키는 대로 뒤죽박죽 클릭하는 장난꾸러기 하느님이 계시나 보다.

그러한 긴박한 순간에도 간호사의 따뜻한 손이 내 팔뚝에 닿자 느꼈던 신비한 욕망은 나를 나이게 만든 선험적인 DNA인지도 모른다. 아무튼 나는 뇌수술을 받지 않고 무사히 퇴원하였다.

내가 겪었던 신비한 체험은 죽음과 대결하면서 순간적으로 껴안은 접신의 마법이었는지도 모른다.

2

2016년 세밑에 병원 응급실에 실려 갔다. 갑자기 배가 아파서였는데 급성 담낭염 진단이 나왔다. 담석은 보이지 않아서 열흘 동안 항생제 치료받으며 입원을 했다. 왜 쓸개에 염증이 생겼는지 의사도 이유를 모른단다. 퇴원 후에도 여러 날 통원치료를 받았다.

하마터면 쓸개 빠진 놈이 될 뻔했다. 담석이 안 나온 것이 다행이라는 사람도 있고 이참에 아주 몽땅 떼어내지 그랬느냐는 사람들도 있다. 누구 말이 맞는지 내 알 바 없으나, 다들 그 나름의 터무니는 있는 듯하여 귀 기울이게 되는 것 또한 부인할 수 없다. 몸 여기저기 적신호가 켜지는 것일 게다. 그런데 요즘은 쓸개를 떼어낸 사람들이 꽤 된다고 한다. 의술이 발달하다 보니 오장육부를 떼어내고 이식하고, 조물주가 애써 그린 그림에 개칠하는 꼴이지만 사람들은 건강식품이다 운동이다 하면서 오직 장수무대를 향하여, 앞으로 갓! 한다.

하지만 나는 아프면 아픈 대로 내 운명을 받들면서, 이제 이 나이까지 살 만큼 살았으니 그냥그냥 견디면 되는 것이다.

망년회 날짜가

월수금일 토끼뜀으로 잡혀 있던 세밑에

급성 담낭염에 걸려 응급실로 실려 갔다

오른쪽 배가 불붙듯 아파

내 인생 아주 땡 치는 줄 알았다

죽을 때는 우아하게

순간의 미학을 뽐내며

동백꽃 지듯 톡 져야 하는데

쓸개에 염증이 생겨

주렁주렁 링거주사 맞는

내 꼴이 정말 개꼴이다

초음파에 CT에 MRI 다 찍어도

담석은 보이지 않는단다

돌이 있으면 까짓것 수술해서

쓸개를 싹 도려내면 되련만

돌이 안 보여 칼을 댈 수 없단다

헐수할수없이 열흘 동안 금식하면서

항생제 치료를 받았다

퇴원한 후 정월이 다가도록

통원치료도 받았다

그동안에 시가 통 안 써졌다

쓸개가 탈이 나서 시가 안 써진다?

허허, 그것 참,

그렇다면 지금까지 내 시는

외로운 내 영혼이 쓴 게 아니고

쓸개가 썼단 말인가
시가 도무지 안 써지는 어느 날
시인 노릇 아예 작파할까 궁리하고 있는데
내 소식을 뒤늦게 들은
제천 동물병원 김선생이 전화를 했다
— 사리는 안 나왔다고요?
그는 암소처럼 웃었다
— 사리는 큰스님이라야 나오지!
나는 송아지처럼 웃었다

그 순간 나는
대웅전 목탁 베고 낮잠 든
철부지 동자승이나 된 듯 했다

-「시창작론」

과거가 생생하게 되살아난다는 것은 내가 그 과거의 시점에 닿아 '되풀이 삶'을 새로 시작하는 한 방식일 것이다. 하루에도 몇 번씩 할아버지가 됐다가 어린이가 됐다가 한다. 자가용 타임머신을 맘대로 타고 다닌다고나 할까. 담석이 안 나왔다는 나의 말에 문득 "사리는 안 나왔다고요?"라는 그 수의사의 말 한마디가 나를 순간적으로 철부지 동자승의 빛나는 공간으로 이동시켰던 것이다.

몇 년 후 결국 나는 쓸개 빠진 놈이 됐다. 복강경수술로 쓸개를 떼어냈다. 내 쓸개는 영영 사라졌지만 그놈 때문에 또 한 편의 시가 생겨났다. 내 몹쓸 쓸개는 그래도 마지막 숨을 거두면서 쓸개값을 한 셈이다.

담낭절제수술을 받았다
쓸개 빠진 놈이 됐으니
이제 줏대 없이 그냥저냥 살면 된다
그동안 줏대 있는 척 하느라고
무지무지 애먹었다
정치가 어떻고
문단이 어떻고
있는 꼴값 다 떨면서
가면과 복면 쓰고 죽을힘 썼는데
어휴!
속 시원하다
내 인생의 표리부동을 청산했다

내 몸에서 빠져나간
그 작은 쓸개는

지금 어디에 있을까

병원 폐기물 비닐봉지에 담겨

소각장으로 갔다가

다 분해되고도 좀 남아

땅속으로 스민 것은

두더지가 닁큼 물었을까

너무 써서 뱉어낸 쓸개 부스러기는

빗물에 섞여 흘러가다가

청계천 잉어밥이 되었을까

이보다 한발 앞서

비닐봉지를 뜯은 생쥐가

내 쓸개 물고 가다가

솔개한테 채였을까

저무는 저 하늘로

내 쓸개가 날아가네

-「조장鳥葬」

원서헌

1

백운면 애련리의 맨 남쪽 끝 내가 사는 동네 이름은 한치[大峙]다. 한치는 큰 고개를 뜻하는 말로 시랑산 줄기를 넘어 봉양면 공전리로 가는 자구니재가 있어서 붙은 이름이다. 예전에는 한치 마을 아이들이 재를 넘어서 공전초등학교를 다녔다니까 그리 높은 고개는 아니다. 한치를 지나 자구니재 방향으로 담배 한 대 피울 참 동안 걸어가면 열 가구도 채 안 되는 조그만 동네가 있는데 거기는 윗 한치다.

옛날에는 고개를 넘어가는 길이 있었지만 지금은 포장도로가 이 동네에서 끊긴다. 여기 사람들은 이 동네를 '우탄치'라고 부른다. 우탄치, 우탄치… 이 말을 들을 때마다 나는 엉뚱하게도 몽골 초원지대의 유목민들이 떠오르기도 했다. 한국의 외진 농촌 마을과 몽골의 초원 지대는 서로 상통하는 유사점이 전혀 없는데 왜 이런 연상작용이 작동되는 것인지 나는 정말 모르겠다.

애련2리의 본디이름은 한치다 봉양면 공전리로 넘어가는 큰 고개 자구니재, 대치大峙가 있는 동네이다 한치 윗동네는 윗 한치인데 다들 우탄치라고 한다 우탄치, 우탄치, 혀를 굴리다 보면 아득한 몽골 초원으로 쑥 들어서는 것 같다

자구니재로 넘어가던 옛길이 이젠 우탄치에서 끊겼다 따비밭 감자 농사는 아예 멧돼지나 고라니가 반나마 먼저 잡수신다 산속 명당에서 주무시던 조상들도 멧돼지 등쌀에 한길 쪽으로 나앉아 자손들 성묘길 기다린다

겨울밤 화투를 치다가 동치미에 국수 말아 먹고 바라보는 우탄치의 밤하늘은 캄캄한 몽골의 초원 같다 송아지 낳는 암소의 울음이 꼭 마두금 소리처럼 애처롭다 산 너머 들리는 기적 소리도 우탄치 우탄치 목이 쉰다

-「우탄치」

이곳에 처음 왔을 때 '백운국민학교 애련분교'라고 오석에 새긴 간판을 처음 보고는, 내 생애의 종착점에 도달했다는

생각이 문득 들었다. 집의 이름을 뭐라고 지을까 궁리하다가 조선시대 백운면의 지명을 따서 원서헌遠西軒이라고 정했다. 그때 '원서문학관'이라는 이름을 또 하나 만든 것은 문학을 좋아하는 사람들을 위하여 열린 공간을 마련하겠다는 순진한 생각에서였다. 지금에 와서 보면 나의 이러한 꿈도 다 개꿈이 된 것 같다. 지자체마다 수십억을 들여서 짓는 문학관이 하도 많다 보니 늙은 책상물림이 퇴직연금으로 지탱하는 이런 문학관은 내가 보기에도 남이 보기에도 영영 처치 곤란의 애물단지로 전락하고 만 것 같다. 요즘은 문학관 간판을 언제 어떻게 떼어낼까 궁리 중이다.

애련리라는 마을 이름을 처음 듣는 사람들은 이 동네에 제법 넓은 연밭이라도 있는 줄 짐작하겠지만 변변한 연못 하나 없다. 산이 연꽃 모양으로 동네를 에워싸고 있는 지형에서 유래됐다고 한다. 분교를 인수하여 공사를 할 때 조그만 운동장 가운데에 연못을 팠다. 애련이라는 지명이 주는 막연한 연상을 현실화하려는 뚜렷한 의도가 있어서는 아니었다. 연못에 수련을 심고 붕어를 기르며 내가 꿈꾸던 낙향의 고즈넉한 풍경을 남몰래 즐기고 싶다는 생각이었다. 몇 번의 시행착오를 거치고 나서 제법 그럴싸한 연못이 모양을 드러냈다. 지하수로 물을 대고 바닥에는 모래와 황토를 깔고 양재동 꽃시장에서 구한 수련을 여러 포기 심었다. 어리연꽃도 심고 부레옥잠도 띄웠다. 붕어도 여러 마리 넣었다.

그해 여름부터 수련이 피기 시작하였다. 수련의 절묘한 아름다움은 그야말로 황금비의 극치여서 필설로 다 그려낼 수 없을 정도다. 수련은 이름 그대로 아침에 피었다가는 오후 서너 시가 되면 꽃잎을 오므리고 잠을 잔다. 서울에 갈 일이 있어서 출발하려다가도 수련이 아직 피어 있으면 일부러 연못가를 거닐면서 그놈들이 잠들 때를 기다리기도 했다. 비 내리는 날이면 수련에 빗물 듣는 소리를 들으며 혼자서 마냥 이 생각 저 생각에 빠졌다. 무념무상의 생각이니까 더는 생각이랄 것도 없는 그런 경지에 푹 빠졌다. 개구리가 알을 까고 잠자리가 날아오고 백로가 연못가에 내려앉아 쉬고 가기도 했다.

여러 해가 지나자 연못은 온통 수련으로 뒤덮였다. 연못은 그래도 연못 물이 좀 드러나야 붕어의 등짝도 구경하고 잠자리가 알을 까는 모습도 볼 수 있으련만 해가 갈수록 더 무성해진 수련이 아예 연못을 몽땅 점령해버린 것이다.

올봄에 큰맘 먹고 연못 공사를 다시 했다. 연못의 물을 몽땅 빼고 포클레인을 하루 불러서 수련 뿌리를 모두 파냈다. 수련 뿌리와 시커멓게 변한 황토와 모래가 뒤엉켜서 몽땅 개흙으로 변해 있었다. 큼지막한 고무 다라이를 몇 개 사다가 수련을 몇 포기씩 심은 다음 연못 바닥에 다시 놓았다. 고무

다라이가 떠오르지 못하도록 돌을 넣고 황토와 모래를 담아 여러 종류의 수련을 골고루 심고 연못에 물을 댔다. 여름이 다가오자 흙물이 가라앉은 맑은 연못 위로 수련 잎이 하나둘 올라오기 시작했다. 수련 사이로 하늘의 흰 구름도 떠가고 붕어들이 헤엄치고 잠자리와 날벌레들이 날아들었다.

내친김에 조그만 분수도 하나 장만해서 연못 속에 장치했다. 타이머를 맞추어놓으면 아침 점심 저녁으로 제 시간에 맞춰서 분수가 솟구친다. 분수를 틀어야 물속에 산소가 공급되어 붕어들이 잘 산다고 한다. 연못가 정자에 앉아 수련을 보고 있으면 이상하게도 마음이 한결 고즈넉해진다. 비 오는 날이 더없이 좋다. 연못가 돌에 비 듣는 모습, 연못에 빗방울 떨어지는 모습, 비를 맞으며 하늘하늘 흔들리는 수련을 무심히 바라보고 있으면 세상만사 뒤죽박죽이던 마음과 몸이 그냥 무화되는 것 같다.

시집 『우리 동네』의 머리말에서 "내가 사는 애련리의 삼절은 제비, 수달, 반딧불이이다. 나는 이제 제비똥, 수달똥, 반딧불이의 똥이나 돼야겠다."라고 했다. 요다음 시집을 낼 때는 머리말을 이렇게 써야겠다.

—내가 사는 원서헌의 삼절은 수련, 제비, 반딧불이이다. 나는 이제 아무것도 안 돼야겠다.

2

'숫눈'이라는 우리말이 그렇게 좋을 수가 없다. 아무도 밟지 않은 눈. 너무 눈부셔서 함부로 밟을 수 없는 숫눈을 보면 나는 그냥 어린아이처럼 좋다. 나이가 몇인데? 이런 생각을 하다가도 아침 일찍 일어나서 밖을 내다봤을 때 밤중에 아무도 모르게 내린 흰 눈은 그야말로 세상일로 숯검댕이가 된 나의 가슴을 정화시켜주는 것 같다. 밤중에 내린 눈을 '도둑눈'이라고도 하지만 도둑이라니? 가당치도 않다. '숫눈'이라고 조용히 읊조리다 보면 숫처녀의 싱그러운 살결과 범접하지 못할 위엄이 느껴지는 것이다. 어느 화가도 흉내 못 낼 절세의 산수화가 내 눈앞에 공으로 펼쳐져 있는 것이다. 산수화 한 폭이 아니다. 열두 폭 병풍처럼! 아니다. 무한대 폭의 병풍이다.

아홉 시가 넘어서야 면사무소에서 나온 제설차가 도로 위의 눈을 치운다.

올 겨울은 꽤 춥다. 특히 제천 지방이 전국에서 가장 춥다는 보도가 나온다. 며칠 전에도 제천이 영하 19도라는 보도가 나왔다. 서울에 사는 몇몇 친구들이 안부전화를 했다. 그러면 나는 다 괜찮다고 대꾸를 한다. 옛날에 비하면야 이까짓 추위는 추위도 아니다. 손발은 물론 불알까지 꽁꽁 얼었던 추위에 비하면 영하 19도쯤은 아무것도 아니다. 불알이 얼기는커녕 서리 맞은 막불경이처럼 축 늘어졌는데, 이까짓 추위쯤이야!

아침이면 미숫가루를 냉수에 타서 새우젓으로 간을 해서 한 컵 마시고 나면 나는 출근을 한다. 정년퇴직한 백수가 출근을 한다고? 송아지도 웃는 소리가 아주 안 들리는 것은 아니다. 그러나 나는 출근을 한다. 사택에서 나와 교실로 가는 것이니까 엄연한 출근이다. 교실 앞 잔디밭에 모신 어머니 조상 앞에서 인사를 한다.

어머니…. 이 말줄임표 안에 우주보다 더 광막한 어머니와의 교신이 다 들어 있다. 어쩌자고 저를 이렇게 키우셨습니까. 어떤 때는 이렇게 어리광부리듯 어머니에게 말한다. 눈을 하얗게 뒤집어쓴 어머니는 그냥 방긋 웃으신다.

교실로 들어가서 난로에 장작을 지핀다. 마른 장작과 생장작을 고루 넣어야 된다. 마른 장작은 불이 너무 잘 붙어서 금방 타버리기 때문에 소나무나 참나무 생장작을 위에 얹어놓아야 불땀도 좋고 오래간다.

난로에서 생장작 타는 소리를 듣고 시를 쓴 적이 있다. 「설한雪寒」이라는 시다.

장작 난로에서

참나무가 참! 참! 하면

소나무도 소! 소! 하는

잣눈이 내린 겨울날

내 살과

뼈

한 줌 재 되는 소리

정말 들린다

물이 끓자

주전자 조동아리

휘휘 휘파람 불며

가쁜 숨 토한다

7할이 물로 된

내 몸

휘파람 부는 소리

정말 잘 들리는

깊은 겨울날

소나무가 소! 소! 하고 참나무가 참! 참! 한다는 수사는 물론 과장이다. 아니, 허풍이며 날조다. 그러나 나는 굳이 이렇게 썼다. 왜냐하면 장작이 탈 때 그런 소리가 분명 들리기 때문이다.

원서헌에 살면서 나는 별별 희한한 경험을 다 한다. 봄이 되어 정원 꽃밭을 돌아보면서 나는 정말로 새싹들의 소리를 듣는다. 추운 겨울이 와도 내년에 꽃피울 몽우리를 대추알처럼 조랑조랑 매달고 있는 목련나무를 볼 때도 어린 아기의 옹알이 같은 소리를 나는 듣는다. 4백 살 먹은 느티나무가 바람결에 전해오는 소리도 아주 잘 들린다.

난로에 장작불을 피우고 라디오를 켠다. 주파수가 잘 잡히는 것은 KBS 원주방송이나 MBC 충주방송이다. 이미자나 주현미, 배호의 노래를 테이프로 듣기도 한다. 정기간행물과 단행본들이 수도 없이 오는데 어떤 것은 바로 그 자리에서 장작 난로 불쏘시개로 들어간다.

마른 장작 같은 시는 쓰지 말아야 한다. 하나마나한 발견을 무슨 대단한 것인 줄 알고 저 혼자 호들갑떠는 시도 쓰지 말아야 한다. 생장작 같은 시! 송진이 막 묻어나는, 난로에 넣으면 소! 소!, 참! 참! 소리 지르는 벌떡벌떡 숨 쉬는 시가 아니면 시가 아닌 법이다.

불땀 좋은 생장작과 희디흰 숫눈! 극명하게 대비를 이루는 시적 상상력의 지평이 어떻게 형상화될지 나는 모른다. 올 겨울 나는 진짜 외롭다. 불땀이 좋은 시여, 나와라! 뚝딱!

3

요즘 무위도식하고 있다. 그저 밥이나 축내면서 지낸다는 말이다. 아무 일도 하지 않으면서 그냥 하루하루 보내다 보니 지난 세월이 어제인 듯 가까이 와서 보챌 때가 많다.

올해도 마당 텃밭에다 마늘을 세 접 심었다. 구멍이 뽕뽕 뚫린 마늘 농사용 비닐을 덮고 마늘을 심었다. 그 위에다가는 솔잎과 왕겨를 덮었다. 한 접이 마늘 1백 개씩이고 한 통마다 마늘이 예닐곱 개니까 모두 합치면 2천 쪽이나 되는 마늘을 심은 셈이다. 이게 모두 다 잘만 되면 스무 접을 캘 수 있지만 그건 어림도 없는 일이고 잘해야 열댓 접이나 수확할 수 있을지 모르겠다. 작년에는 너무 가물어서 마늘 농사가 영 시원치 않아 겨우 열 접 남짓밖에는 수확하지 못했다. 나는 요 몇 년째 마늘 농사에 재미를 잔뜩 보고 있다. 엄동설한 추운 흙속에 있던 마늘이 봄이 되어 연둣빛 싹을 밀어 올리는 모습을 보면 그렇게 신기할 수가 없다.

어제는 백운초등학교 동창이 찾아왔다. 자전거를 탄 낯선 사람이 대문으로 들어설 때 나는 지나가는 사람이 물 한 잔

달라거나 아니면 화장실 볼일 때문인지 알았다. 가끔 지나가는 행인이 화장실 볼일을 보려고 마당으로 성큼 들어올 때가 있다. 교실 건물이 제법 크니까 무슨 공공건물인 줄 알고들 그런다. 마침 그때 마당에 나와서 솔잎과 왕겨를 덮은 마늘밭을 둘러보고 있는 중이었다. 바람이 심하게 불면 솔잎과 왕겨가 날려가기도 하기 때문에 가끔씩 손 봐줘야 하기 때문이다.

그는 자전거에서 내리면서 나에게 손을 내밀었다.

"탁번이 오랜만이야. 옛날 얼굴이 그대로 있네!"

"누구신가?"

나는 당황해 하면서 그가 내민 손을 잡았다. 그는 나를 분명히 아는데 나는 그를 전혀 알지 못한다. 이럴 때의 낭패감은 참 지독한 것이다.

"반에서 공부 젤 못하던 김 아무개야."

초등학교 동창이면 60년 만에 만나는 얼굴 아닌가. 그 순간 아득한 세월의 물결이 내 온몸을 휩싸고 흘러갔다. 시간의 물결에 익사하는 것 같은 착각이 일어났다.

그와 봉지 커피를 마시면서도 나는 안절부절 어눌한 말로 이야기를 나누었다. 60년의 세월이 흘렀는데도 사람과 사람 사이의 관계는 이렇게 느닷없이 이어지는 것인가. 그는 우등생이고 나야말로 겉만 번지르르한 열등생이라는 사실이 새삼 명확해졌다. 그는 내 이름을 아주 똑똑히 기억하고 있었지만 방금 전에 들은 그의 이름도 나는 기억하지 못하는 것이다. 가는귀먹은 게 점점 심해지는지 요즘은 말을 잘 알아듣지 못할 때가 많다. 이젠 가는귀먹은 단계를 지나 아예 보청기를 껴야 할 정도로 청력이 아주 나빠진 모양이다.

그는 제천 시내에 살고 있다고 했다. 몇 년 전 암 수술을 받은 후로는 자전거를 타면서 건강을 챙긴다고 했다. 제천 시내에서 애련리까지는 20킬로가 넘는데 자전거를 타고 오다니 대단했다. 의림지 산책로에 가면 내가 쓴 시가 목각으로 만들어져서 걸려 있단다. 나도 그 소문은 들었지만 직접 본 적은 없다. 그는 내가 고향으로 내려와서 폐교된 분교에 터를 잡고 산다는 것을 진즉 알고 있었다고 했다. 지금은 자식들 다 출가시키고 제천 시내에서 내외가 산다고 했다. 그동안 무슨 일 하면서 살았느냐고 물으니까 이 일 저 일 안 해본 일이 없다고 했다.

"이젠 막노동도 못 해. 늙었다고 안 써준대."

빛바랜 흑백사진들이 오밀조밀한 사진첩을 보듯 그와 함께 낮결 내내 웃고 떠들다 보니 차츰 옛날 얼굴이 어렴풋하게 살아나기 시작했다. 쓸개 빠진 놈이 된 이야기에서부터 병 든 자두나무를 베어서 장작으로 땐다는 이야기까지 다 했다.

1년에 한두 번 초등학교 동창들이 모인다. 초등학교 동창을 만나면 정말 초등학생이 된다. 나이 생각 않고 술을 과하게 마시다 보니 별별 짓을 해댄다. 여자 동창생이 보건 말건 아무데서나 오줌을 싸고 된통 쌍말만 골라 한다. 좌충우돌 천방지축, 벼논의 메뚜기떼 같다.

손자 손녀가 있는 할아버지나 할머니가 아니라 구구단 못 외워서 벌 서는 어린 학생이 되고 참외 서리하는 개구쟁이가 된다. 그들은 대부분 초등학교 졸업이 최종 학력이다. 그런데 초등학교 동창들을 만나 술 한잔하다 보면 그들이 언제나 나에겐 하늘이 된다. 나는 소똥 개똥 널린 땅바닥이 되고 그들이 창창한 푸른 하늘이 된다. 나보다 인품이 좋고 넉넉하다. 물녘의 갈대처럼 벼논의 벼이삭처럼 바람 부는 대로 그냥 흔들리며 나를 가르치는 초등학교 동창 앞에서 나는 옴짝달싹도 못한다.

다들 세월이 얼마나 변하고 흘러갔는지를 깜박 잊는다.

초등학교 동창 마누라를 그의 어머니로 알고 큰절을 하려고 한(「블랙홀」) 나의 시간 의식은 그 순간 내가 요술방망이 타임머신을 타고 우주여행을 하고 있었다는 명백한 증거다.

같은 동네에 사는 이종택과 함께

백운지 아래 방학리에 사는

초등학교 동창 김종명이네 집에 놀러 갔다
멍석에 널린 고추가 뙤약볕 같이 따갑고
함석지붕에는 하양 박이 탐스러웠다
누렁이 한 마리가 마당에서
제 똥냄새 맡다가 꼬리를 쳤다
찰칵! 한 장 찍고 싶은
우리 농촌의 옛 풍경 속으로
재작년 추석 무렵에 무심코 쑥 들어갔다

안방에서 머리가 하얀 안노인네가 나왔다
어릴 때 친구 집에 놀러 가면
나는 어른들께 답작답작 큰절을 잘 했다
그러면 친구 어머니가 씨감자도 쪄주고
보리쌀 안쳐 더운밥도 해주곤 했다
종명이 어머니가 여태 살아계시는구나!
나는 얼른 큰절을 하려고 했다

그 순간 몇 만 분의 1초의 시간이 딱 멈추었다
종명이가 제 어머니에게 말하는 소리가
우주에서 날아오는 초음파처럼 아득하게 들려왔다
—임자! 술상 좀 봐!

초등학교 동창 마누라에게 큰절할 뻔한 나는
블랙홀에 빠진 채 허우적거렸다

머리가 하얀 초등학생 셋은
무중력 우주선을 타고
저녁놀 질 때까지 술을 마셨다
—방학리에 왔으니 학 한 마리 잡아다가
　안주로 구워먹자 씨벌!
종택이와 종명이는 내 말에 장단을 맞췄다
—그럼 그렇고 말고지, 네미랄!
광속보다 빠르게 블랙홀을 가로지르는
학을 쫓아가다가
그만 나는 정신을 잃고
종택이 경운기에 실려 돌아왔다

-「블랙홀」

4

잡지사에서 원서헌의 아침과 저녁의 사소한 일을 있는 그대로 써보란다. 말이 문학관이고 헌軒이지 다 낡은 분교, 조그만 교실 세 칸과 스무 평쯤 되는 사택과 작은 숙직실이 다인데 무슨 이야깃거리가 있겠는가.

앞으로 '원서헌 통신' 소식지도 내면서 시인들의 쉼터 구실을 해나가면 좋지 않으냐 한다. 말인즉 옳지만 그게 어디 여반장처럼 쉬운 일인가. 긴가민가하면서도 남의 말을 곧이곧대로 믿는 나는 할수할수없이 노트북 앞에 앉는다.

원서헌 간판을 단 것은 2004년 봄이다. 벌써 16년 전이다. 지금 내가 먼저 꺼내는 이야기는 자궁 속 태아의 초음파 사진 같은 것일지도 모른다. 원서헌이 태어나기 전 아직 이름도 제대로 못 지은 상태를 말할 테니까 말이다.

그 무렵 나는 정년을 5년 앞두고 낙향할 결심을 하고 자주 고향을 찾아가곤 했다. 나의 고향은 충북 제천시 백운면이다. 천등산과 박달재 사이의 조그만 마을 평동리에서 태어나 백운초등학교를 다녔다. 졸업 후 강원도 원주로 진학을 하여 6년간 중고교를 다녔다.

백운면 북쪽은 강원도 원주시의 흥업면, 신림면과 경계를 짓고 있다. 충북 제천의 시골에서 강원도 대도시로 진학을 했으니 얼핏 들으면 굉장히 먼 지역으로 유학을 간 것도 같지만 원주야말로 코앞에 바로 이웃해 있는 도시이다. 세간의 사람들이 내가 강원도 사람인지 충북 사람인지 헷갈리기도 하는 것은 나의 이러한 출신 배경에서 오는 것이다.

고향에 집을 지으려고 땅을 물색하고 다닐 때 나는 타고난 팔자대로 살아가자는 생각에서 내 딴에는 아주 기발한 계획을 세웠다. 강원도와 충북의 도계가 지나가는 곳, 그러니까 백운면과 신림면의 경계에다가 집을 짓는 것! 그래서 집 대문을 나서면 강원도가 되고 집안으로 들어오면 충북이 되는 곳, 도의 경계선을 깔고 앉아 있는 땅을 구하려고 마음먹었다.

내 말을 들은 부동산업자는 나를 꼭 정신 나간 놈 보듯 하더니 한마디 하는 것이었다.

"도계는 강이나 산꼭대기에 있지 어디 평평한 땅 위에 있소?"

생각해보니 그랬다. 산꼭대기나 강물 위에 집을 지을 수는 없는 일 아닌가. 나는 기발한 아이디어를 거두고 백운면 어디에 집 지을 땅이 있나 찾아보았지만, 없었다. 배산임수의 좋은 땅은 모조리 전원주택업자들이 다 차지하고 이른바 맹지라고 하는 길도 없는 몇 뙈기 땅을 소개받았지만 내키지 않았다. 고향이 나를 안 받아주면 다른 방법이 없다. 포기하고 일어서면서 나는 무심결에 말했다. 폐교된 분교 없느냐고.

지금이야 안 그렇지만 시골 분교가 폐교되던 초기에는 교육청에서 개인한테 불하를 했었다. 그는 한참 동안 궁리를 하더니 제천 시내에 사는 어떤 이에게 전화를 했다. 백운초등학교 애련분교를 몇 년 전에 불하받은 사람이라고 했다.

여차여차하여(이토록 고색창연한 말도 이럴 때는 딱 제격인 듯!) 나는 애련분교를 인수하게 되었다. 내가 백운초등학교를 다니던 1950년대 초에는 여기에 분교가 없었다. 애련리 한치 마을은 면소재지인 평동리 백운초등학교까지는 20리가 넘는다. 분교가 없던 시절에는 이곳 아이들은 고개를 넘어서 이웃 봉양면 공전으로 학교를 다녔는데 새마을운동이 일어나던 1960년대에 청년들이 농촌으로 밀려 들어와서 아이들이 많이 태어나자 한치 마을에 애련분교를 지었다고 한다. 그러다가 세월이 지나면서 청년들이 농촌을 떠나고 학생 숫자가 점점 줄어들자 낡은 건물을 철거하고 벽돌 슬래브 공법으로 교실 세 칸과 사택을 신축하였는데 몇 해가 지나 학생 숫자가 스무 명 안쪽으로 줄어들자 폐교를 해버린 것이었다.

부동산업자와 애련분교를 처음 갔을 때 나는 속으로 '아!' 하는 탄성을 질렀다. 왕복 2차선 도로가 번듯하게 뚫리고 학교 앞의 수백 년 된 느티나무를 보아서만은 아니었다. 교문 기둥에 그때까지도 그냥 붙어 있는 학교 간판을 보았을 때였다.

'백운국민학교 애련분교'

까만 오석에 음각으로 새긴 간판이었다. 나는 그날 바로 처음 불하받은 사람이 웃돈을 붙여서 달라는 대로 돈을 주고 겁도 없이 분교를 인수하였다. 내가 졸업한 초등학교의 분교. 이름도 예쁜 애련분교愛蓮分校. 집 지을 땅을 사거나 전원주택을 산 게 아니라 '학교'를 한 채 산 것이었으니 나는 갑자기 보이지 않는 곳에서 하느님이 내려주신 큰 선물을 받은 것 같은 우쭐한 심정을 가눌 길 없었다.

조그만 운동장에는 잔디를 깔고 연못을 만들었다. 연못에 수련을 심고 붕어를 넣었다. 나는 학교 강의가 끝나면 서울서 140킬로나 되는 애련분교로 달려가서 공사 감독을 하였다. 형편 되는 대로 찔끔찔끔 하다 보니 헛공사가 된 일도 많아서 돈이 무지무지 들어갔지만, 아니 누구는 대학교도 세우고 고층 빌딩도 짓는데 내가 조그만 분교 리모델링도 제대로 못할까 보냐 하는 오기도 생겼다. 정원수도 많이 심었다.

원서遠西. 먼 서녘. 뜻이 그윽해 보였다. 어느 선배 시인이 이 이야기를 듣더니 그걸로 나의 호를 삼으라 한 적이 있다. 그래서 가끔 원서노인遠西老人이라 자칭할 때가 있긴 하다. 또 옛 선비를 흉내 내어 노원老遠이라 할 때도 있지만, 글쎄 잘 모르겠다. 호는 무슨 호! 이름 석 자 간수하기도 버거운 세상이거늘.

초정艸丁 김상옥金相沃 선생께 부탁하여 원서헌遠西軒이라는 글씨를 받아서 목각하여 대문에 걸었다. 헌軒은 처마라는 뜻이니 기와지붕이 늠름하고 처마가 번듯한 집, 예컨대 강릉 오죽헌烏竹軒이나 창덕궁에 있는 관물헌觀物軒처럼 좀 으리으리한 집을 이르는 말인데, 분교 교실과 사택을 원서헌이라 부르기는 좀 민망하기도 했다. 그렇다고 원서옥이랄 수도 원서루라 할 수도 없기에 '원서헌'이라 이름을 정한 다음, 거기다가 한술 더 떠서, 15년 전만 해도 개인이 사적으로 세운 문학관도 제법 대접을 받는 것을 핑계 삼아, 아주 멋진 돌을 구해다가 동국정운東國正韻에서 집자하여 새긴 '원서문학관'이라는 간판석을 세웠다. 처음에는 교문 밖에 세웠는데 자꾸 기우뚱 기울어서 재작년에 안쪽으로 옮겨놓았다.

초기에는 해마다 시의 축제도 열었다. 또 시인을 초청하여 문학간담회도 자주 열었다. 다들 고향에 내려와 늘그막을 보내는 나를 가상하게 보는 눈치였지만 어쩌려고 이렇게 일을 벌일까 하는 근심어린 눈빛도 숨기지 않았다.

한글날이면 초등학생 백일장도 개최하였다. 그러나 시간이 지날수록 다 흐지부지되고 말았다. 시골 초등학교에 학생 수가 점점 줄어드니까 백일장에 참가할 학생들이 잘 모이지 않았다. 어느 해인가 제천 교육지원청을 찾아가 담당자를 만나 백일장 참가를 독려해달라는 이야기를 한 적이 있었는데 입으로는 협조를 해준다면서도 그의 표정은 사뭇 가관이었다. 문학박사에 대학교수면 서울에서 잘 먹고 잘살 일이지 왜 시골에 내려와서 골치 아프게 구느냐 하는 속마음을 읽은 후부터는 다 그만두었다.

그런 행사를 몇 해 전부터 다 접은 것은 내가 늙은 꾀가 나서 그랬는지 천성이 게을러서 그랬는지 잘 모르겠다. 벼슬길에서 물러난 선비는 고향으로 돌아가지 말라는 옛말이 있다. 한양에서 떵떵거리며 벼슬 살 때 고향 사람에게 뭘 잘해준 일도 없으면서 늘그막에 고향으로 내려갔다가는 괜히 시샘만 받고 개차반이 된다는 말이다. 내 꼬락서니가 딱 그렇다.

애련분교가 폐교되기 전에는 교사들이 평일에는 학교 근무를 하고 사택에서 숙식을 하다가 주말이면 자전거 타고 자기 집으로 가곤 했을 것이다. 방 세 개와 부엌과 거실이 있고 화장실이 있다. 말이 거실이지 너무 좁아서 TV를 마주 보고 놓을 자리도 없다. 사택에는 심야전기 보일러를 깔아서 화장실이 동파될 염려는 없지만, 다 무너진 숙직실을 헐어내고 대여섯 평 되게 조립식으로 새로 지은 숙직실은 겨울이 오면 화장실이 얼어터지곤 하여 속을 썩인다. 그래서 전기난로를 밤새 틀어놓는다. 지난해 태양광 전기를 설치하여 그나마 전기요금에 대한 부담을 좀 덜었지만 겨울에는 일반전기와 심야전기 요금이 엄청나게 나온다.

앞으로 어떻게 원서헌을 꾸려나갈지 고민을 하고 있는 요즘이다. 매달 한 번씩 시인을 초청하여 시 창작 강의를 듣고 시 낭송을 한다? 강의료와 낭송 사례비는 얼마를 주면 될까? 이런저런 이야기를 묶어 '원서헌 통신'을 만든다?

개인이 사비로 문학관을 운영하는 일이 어림 반 푼어치도 없는 일이라는 생각을 진즉 했어야 하는데, '고향, 모교의 분교'라는 꾐에 나 스스로 빠져든 셈이다. 문학진흥법이 새로 생겨서 정식으로 등록을 하면 지자체에서 운영비를 보조받을 수 있다기에 알아봤더니 등록 요건을 다 갖추려면 냉온습 장치를 새로 설치해야 한단다. 그러려면 막대한 비용이 든다. 그래서 두 손 다 들었다.

나는 지금 이대로의 원서헌을 사랑한다. 첫 번째 교실은 컴퓨터가 있고 평소에 내가 수집한 토기와 민속품이 여러 점 있다. 두 번째 교실은 도서실이다. 주로 시와 소설이 양쪽 벽을 채운 서가에 가득하다. 복도에도 책이 어지럽게 가득하다. 책 정리하는 일이 가장 힘들어서 좀체 엄두가 나지 않는다. 세 번째 교실은 세미나를 하고 시낭송하기에 알맞다. 시인들이 찾아온다는 연락이 오면 물걸레로 교실 마루를 청소하고 겨울이면 난로에 땔 장작을 팬다. 술병이 떨어지지 않았나 챙기고 최근에 쓰고 있는 내 작품도 다시 손보고… 바쁘다 바빠!

여기는 정말 청정 지역이다. 그만큼 낙후된 농촌이라는 말도 되지만 맑은 공기가 눈에 보이는 듯하다. 우편함에는 봄마다 딱새가 새끼를 치고 강남 갔던 제비가 찾아온다. 작년에는 제비가 새끼를 두 배나 쳤다. 올해도 조그만 텃밭에 감자, 토마토, 상추, 가지, 고추를 몇 포기씩 심었다.

연못가 정자에 앉아 수련 잎에 구르는 빗방울 보면서 소주 한잔 비울 사람, 어디 있으면, 잰걸음으로 오시압!

제 2 부

두루마리

시인의 말

그동안 1973년부터 2019년까지 펴낸 열 권의 시집과 세 권의 시선집 머리말을 불러내어 한 자리에 앉힌다. 이게 무슨 의미가 있을까 하는 생각이 아주 없지 않지만 그래도 시집을 하나하나 낼 때마다 시에 대한 내 나름의 전망이나 소회가 있었을 것 아닌가. 녹음테이프를 되감아 들어보는 것 같기도 하고 사진첩에서 빛바랜 옛 사진을 꺼내보는 것 같기도 하다.

잘 안 들리는 소리도 있고 구겨진 사진도 있다. 녹음하고 사진 찍을 때의 시간과 공간에 대한 기억이 가물가물한 것도 없지 않지만 그 전체가 나의 생애의 면면이라고 하겠다.

등단한 지 7년이 지난 1973년에 낸 첫 시집 『아침의 예언』의 것을 다시 읽어본다. 이건 머리말이 아니고 후기인데, 꼭 무슨 '시인 취임사'라도 되는 것 같아 정말 웃긴다. 어깨에 잔뜩 힘을 주고, 뭐? '나와 이웃의 시와 산문과 학문에 큰 보람 있기를' 바란다고? 예끼, 이 사람아.

2019년에 낸 열 번째 시집 『알요강』의 머리말은 더 웃긴다. 등단한 지 반세기가 훌쩍 지났는데 나이를 거꾸로 잡수시나? 내가 나를 못 말리겠다.

아침의 예언

조광
1973년 5월 20일
152×212mm
98쪽
1,000원

1967년부터 1973년에 이르는 7년간의 시작을 한데 앉혀 첫 시집을 상재했다. 그동안 다른 일들이 겹치고 밀리는 바람에, 띄엄띄엄 여기저기 발표했던 것들을 한자리에 불러모아 다시 면면을 대하게 되니, 쑥스럽기도 하고 스스로 고개를 끄덕이기도 한다. 『아침의 예언』은 나의 초기시의 온 모습이다. 뭐다뭐다 하여 바쁜 일상을 보내면서도 시인 오탁번이라는 신분을 나는 언제나 엄숙한 소명처럼 받아들이고 있다.

나와 이웃의 시와 산문과 학문에 큰 보람 있기를.

너무 많은 가운데 하나

청하
1985년 8월 30일
125×208mm
132쪽
2,000원

생각해보니 세월이 아득하게 흘렀다. 첫 시집 『아침의 예언』을 묶을 때와 또 지지난 해에 몇 편의 시를 어느 문학지에 발표하고 그리고 바다 건너 한두 대학의 현대시 교실을 기웃거릴 때와 지금 '청하'로 나의 나체와도 같은 그동안의 시들을 한꺼번에 넘기는 시간이, 꼭 나 하나의 삶 같지를 않고 오래 전에 구전되어오던 어느 슬픈 유랑시인의 끝 간 데 없는 삶처럼 정말로 내 일 같지가 않다.

이번에 그동안의 시를 모두 모아서 『너무 많은 가운데 하나』를 만들며 나는 나의 삶에 대하여 어쩐지 나의 내력의 먼 곳에서 나를 줄곧 지켜보던 이를 만난 듯 낯설기도 하고 두렵기도 하다. 나는 늘 소설과 시는 내가 운명으로 받은 두 개의 형벌이라고 믿는다. 오 하느님, 살려주서요.

시집의 앞에 놓은 것은 대강 10년 전부

터 이제까지의 작품이며, 뒤에 놓은 것은 1973년에 자비출판을 했던 첫 시집을 다시 불러낸 것이다. 그때 나는 그것을 시판하지 않고 가까운 사람끼리 나누어 보았으므로 일단 지금까지의 보잘것없는 시들을 모두 공개하고 싶었다. 시를 써서 서랍 속에 숨겨놓는 그러한 태어나지 않는 시인이 되지 못하고 이렇게 스스로 또 태어나는 것이 매우 부끄럽다.

생각나지 않는 꿈

미학사
1991년 3월 25일
127×210mm
112쪽
2,800원

그때의 꿈과 치욕을 아직도 버리지 못한
나의 슬픈 마음을 다 알고 있다는 듯
저 멀리 어디서 누가
나의 연구실로 직통전화를 걸어서
비뇨기과죠? 비뇨기과죠?
이렇게 말하는 것일까?
가만히 앉아서 세상의 모든 자료를 뽑아보듯

전화벨 소리 저 너머에 누가 앉아서
나의 옛사랑의 모든 자료를 뽑아보는 것일까
정말 꿈같이 두려운 일이다
모두다 뽑아볼 수 있는 꿈은 싫다
생각나지 않는 꿈
꿈꿀 수 없는 꿈이면 좋겠다

겨울강

세계사
1994년 6월 15일
125×210mm
118쪽
3,000원

시를 생각하며 새벽잠을 깨고 시를 쓰며 자정을 넘길 내 영혼과 가장 똑바로 마주볼 때는 없다. 나도 모르는 사이에 어느덧 길들여진 고립과 소외의 세계관이 나의 시에서는 부끄러운 줄도 모르고 얼굴을 그냥 내어밀고 있다.

그러므로 나의 시는 그대로 나의 자화상이며 미완의 자서전이며 차마 남에게 보여주기가 민망한 일기와도 같다. 젊을 때부터 익혀온 시의 방법이나 장치도 내 작품의 맨 몸뚱어리 앞에서는 도무지 가당치가 않다. 비유나 구조를 이야기하며 칠판 앞에서 백묵을 잡는 일 또한 나의 쓸쓸한 시가 지닌 눈금과는 사뭇 동떨어진 것이 된다.

얼음 밑에 허리 숨긴 하얀 나룻배 한 척처럼 호젓하게 꿈꾸고 싶다. 산매미 날갯빛으로 흘러가다가 종당에는 이름도 몸도 무화돼버릴 그날을 위하여 건배!

1미터의 사랑

시와시학사
1999년 3월 30일
127×205mm
140쪽
5,000원

『겨울강』(세계사, 1994)이 나온 지 5년 만에 새 시집을 엮는다. 그동안 나는 다른 일은 아무 것도 하지 않고 오직 시에만 푹 빠져 있었다. 소년 시절부터 나를 흔들어 깨우던 시혼을 애타게 부르며, 어린아기가 엄마 품에서 옹알이하며 첫 모음을 배우듯 두렵고도 설레는 마음으로 시를 썼다.

나를 시인으로 만든 내 운명과도 같은 시혼은, 바로 내 책상 위의 국어사전과 야생화와 빙하기와 천체물리학과 고고인류학을 다룬 책의 쪽마다에 있고, 내가 다니는 산책길에서 마주치는 자잘한 풀과 가랑잎과 카페의 유리창을 물들이는 노을 속에도 있다. 다 잊어버린 줄 알았던 과거의 어느 골목길과 빛바랜 고서의 책갈피에서도 나를 부르는 시의 영혼들이 철야로 무도회를 연다. 그러므로 나의 시혼은 추상이나 절대의 개념이 아니라 구상과 상대의 개념으로 나와 수시로 광케이블을 통하여 접속하고 있다고 할 수 있다.

이 시집에 실린 「달걀」이라는 시의 다음 구절에서 보는 것처럼 시혼은 학생들처럼 눈을 커다랗게 뜨고 불현듯 내 앞에 나타날 때도 있다.

"메롱" 하며 혀를 쏙 내민
아이들의 말을 흉내 내며 쓴 시에는

'추억의 비행장에서는
까망 파씨와 종종종 병아리와
금빛 송아지와 별별 장수잠자리가
날마다 꿈을 뜨고 내린다'라는
참말 우스운 말이 있다네
'별별 장수잠자리'의 간질간질한 뜻을
☆☆을 칠판을 그려가며 설명하니까
학생들이 눈을 커다랗게 떴네
따끈따끈한 달걀 하나씩 받아든 교실에
별 둘 단 장수잠자리가 막 날아다녔네

내가 학교에서 맡고 있는 현대시 교실의 풍경을 옮겨놓은 것이다. 나는 늘 학생들의 눈을 통하여 시의 목소리를 듣는다. 아기 엄마가 기저귀 빨래하는 도랑물 수초 사이에서 노는 새끼붕어들의 모습을 형용할 때는 반드시 '욜랑욜랑 헤덤볐다'(「또 애기똥풀」)라고 해야 한다고 속삭인다. 속삭이는 목소리가 잘 들리지 않을 때면 나는 며칠이고 잠을 설친다.

몇 천 년 후에는 다시 빙하기가 지구를 뒤덮을 것이다. 지구를 한 순간에 박살낼 수 있는 중성자별도 우주 저 멀리에서 빠른 속도로 전진해오고 있다. 그러므로 지구의 생애는 절체절명의 위기에 처해 있다. 인간의 삶이 풀잎이슬과도 같아서 지구의 종말을 미리 걱정할 것은 없지만, 무릇 예술은 우주와도 같은 광활하고 영속적인 생명을 얻는 일에 헌신하는 것임을 생각할 때, 나의 시가 먼 훗날 어떤 의미의 교감주술 무늬로 전해질 수 있을지 두렵다.

내가 새긴 무늬를 맨 먼저 알아볼 이들에게 이 시집을 바친다.

벙어리장갑

문학사상사
2002년 11월 5일
126×209mm
110쪽
5,000원

어떤 하찮은 사물을 보는 순간에도 이상한 울림이 가슴에 와 닿는 경우가 종종 있다. 그 울림이 무슨 뜻인지 모른 채 수첩에다 그냥 몇 자 적어두곤 한다.

짐짓 모른 체하고 내버려두면 이내 잠잠해져서 내가 왜 그런 기록을 했는지 스스로도 땅띔 못할 때가 있고, 그것이 꼬리에 꼬리를 물고 별별 심상과 이야기로 피어나면서 수첩 속에서 얼른 해방시켜 달라고 조를 때도 있다. 그러나 시 한 편을 쓸 때마다 이것이 나의 절필이라는 독한 마음을 먹고 유혹을 뿌리치고 또 뿌리친다.

한편의 시가 태어나는 과정은 참말 지루하고 괴롭다. 아기를 낳는 산모의 지독한 아픔과 숨찬 기쁨이 바로 시라는 것을 왜 모르랴.

손님

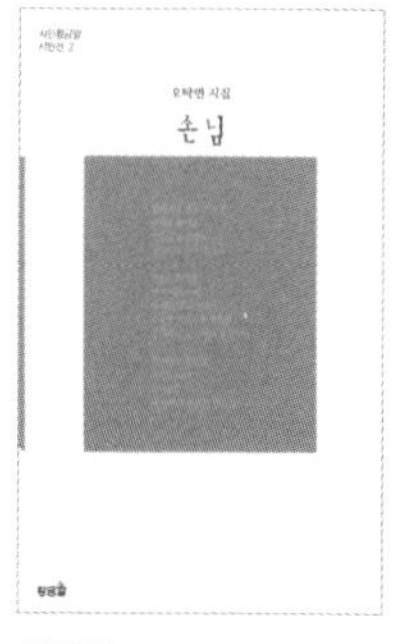

황금알
2006년 12월 15일
128×210mm
140쪽
6,000원

석유를 아끼느라고 등잔 심지를 낮춘 어둡고 흙내 나는 방에서, 손가락이 곱아 호호 입김을 불며 몽당연필로 국어숙제를 하던, 백운초등학교 1학년 오탁번 꼬마에게 나의 일곱 번째 시집 『손님』을 바친다.

시선집 **사랑하고 싶은 날**

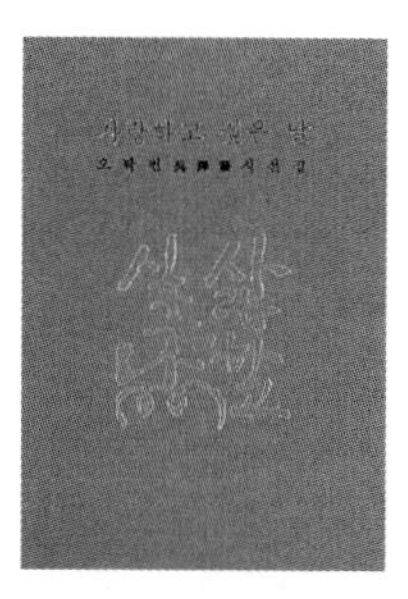

시월
2009년 10월 20일
150×220mm
192쪽
50,000원

나는 지금 기차를 타고 고향으로 가는 그 옛날의 나다.

석탄 연기를 내뿜는 기차가 치악산 똬리굴을 지난다. 콧구멍이 온통 검댕이가 된다. 봉양역에서 내려 버스로 갈아탄다. 박달재 넘어 백운면 평동리 169번지 고향집으로 간다. 내가 태어나서 자란 곳. 멀리 천등산이 바라다 보이는 박달재 아랫마을.

1958년 어느 날의 까까머리 중학생 오탁번이여. 활판 시집을 내게 된 오늘 너를 다시 만나 볼을 부빈다. 흑백사진 속에 희미하게 남은 그 옛날의 춥고 배고팠던 시공時空이 실은 내 생애의 전부였음을 절실히 깨닫는다.

지금이 어느 세월인데, 한지에다가 활자를 하나하나 빼박아 만드는 활판 시집이라니! 빳빳한 세뱃돈 받았을 때처럼 기분이 좋다.

눈물로, 피로, 쓰고 지우고, 다시 쓴 시, 100편을 미래의 과거에다가 불쑥 남기게 됐으니, 이제 발걸음도 한결 사뿐하겠다.

아내야, 애인아, 다 고맙다.

풀이여, 이슬이여, 다 눈물겹다.

우리 동네

시안
2010년 9월 5일
128×210mm
160쪽
8,000원

내가 사는 애련리의 삼절은 제비, 수달, 반딧불이이다.

나는 이제 제비똥, 수달똥, 반딧불이똥이나 돼야겠다.

육필시선집 **밥 냄새**

지식을만드는지식
2012년 1월 10일
128×210mm
178쪽
15,000원

40년 동안 걸어온 시의 궤적을 육필로 베껴쓰면서 느끼는 감회는 그냥 시집을 묶을 때와는 다르게 아주 아주 남다르다.

내 고향 길섶의 민들레 홑씨여.

백두산 천지의 하늘이여.

스스로 눈물겨운 시인의 영혼 앞에 경배한다.

시선집 **눈 내리는 마을**

시인생각
2013년 2월 12일
128×210mm
110쪽
6,000원

마음에 쏙 드는 시선집 하나 내고 싶었다.

알콩달콩 우리말의 숨결이 자지러지는 시에 나는 목숨을 준다.

한 시인이 일생 동안 수백 편의 시를 발표하지만 백년 후에 과연 몇 편의 작품이 살아남을 수 있을까.

시와 1:1로 마주서 있는 내 모습이 처연하다.

간밤에 잣눈이 내렸다.

문학수첩
2014년 4월 2일
135×210mm
176쪽
10,000원

시집보내다

되돌아보면 아득하게도 많은 세월이 흘러갔다. 그동안 나는 무엇을 위해 시를 쓰며 한숨을 쉬었던고. 말해봐야 부끄러운 것 말고는 애당초 뭣 하나 빼어난 구석은 없었지만 그래도 용케 예까지 왔다는 생각에 머리 조아릴 뿐이다.

술래잡기하는 아이처럼 되똥되똥 뛰어가다가 넘어지는 나의 시여.

모두 다 고맙다.

알요강

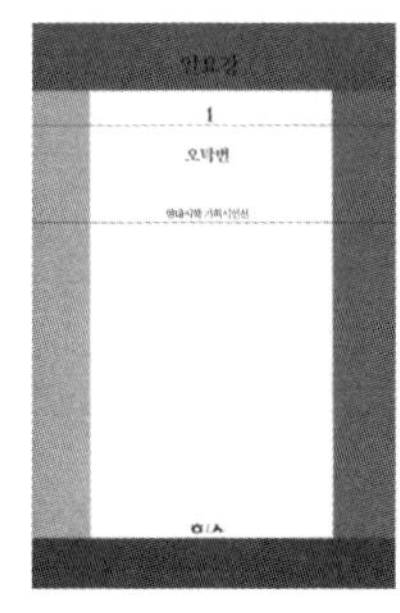

현대시학사
2019년 4월 25일
125×188mm
204쪽
10,000원

—오탁번 새 시집 『알요강』이 나온대.

—아직 안 죽었나?

—죽긴. 요즘도 매일 소주 한 병 깐대.

—정말?

몽고반점 하나 달고 이 풍진 세상에
나는 또 태어난다.

찰싹, 볼기를 때리는 할머니의 손이 맵다.

시 「안항」의 터무니

「안항」은 2008년 발표한 작품으로 2010년에 나온 나의 여덟 번째 시집 『우리 동네』에 실린 작품이다. 2008년 8월에 정년을 맞이했는데 그 무렵에 어느 잡지사에서 나에게 나이대접을 하느라 신작 시 몇 편을 청탁했을 때 쓴 작품 가운데 하나이다.

해 설핏 기운 북녘 하늘로
나울나울 날아가는 기러기 떼는
고래실 논바닥에서 벼 이삭 쪼아 먹고
미꾸리도 짬짬이 잡아먹어
날갯죽지에는 보동보동 살이 올랐겠다
휴전선 넘어 날아갈 때는
형제끼리 총 겨누는 사람들이 미워서
물똥도 찍찍 내갈기겠다

날아가다가 좀 쉬고 싶으면
황해도 연안 갯벌에 내려앉아
북녘 사람들에게
집집마다 피어오르는 저녁연기와
천수만 갈대밭 흔드는
겨울바람 소리도 전해주겠다

압록강 건너
그 옛날 우리 조상들이 씨 뿌리던
광막한 만주벌 날아갈 때는
기럭기럭 기럭기럭 슬피 울면서
천오백 년 전 고구려 때
흙 속에 깊이 묻혀
여태껏 눈도 못 튼 볍씨의
긴긴 잠을 흔들어 깨우겠다
나볏이 줄지어 날아가는
이웃 형제처럼 수더분한 기러기 떼여
고구려 사람들의 조우관 깃털같이
못자리에서 쑥쑥 자라는 모를
마을 사람들이 두렛일로
한 모숨 한 모숨 모내기하듯

몇 천만리 아득한 북녘 하늘을

나울나울 정답게 날아가겠다

-「안항雁行」

'안항'의 본디 뜻은 기러기의 행렬이라는 말이지만 그 뜻이 전이되어 남의 형제를 높여 이르는 말이 되었다. 혈족의 방계에 대한 관계를 말할 때도 '항렬行列'이라는 말을 쓴다. 雁行을 요즘 젊은 사람들이 '안행'이라고 잘못 읽는다. 하긴 이보다 훨씬 오래전에 쓴「접문接吻」이라는 시도 흔히 '접물'이라고 잘못 읽는다. 춘향전에 이도령이 춘향이와 말놀이를 하는 장면에서 '두 입술을 마주 대고 쪽쪽 빠니 입술 吻자'라는 말이 나온다. 키스나 입맞춤이라는 말보다는 한자어 '접문'이 어딘지 그윽하고 낙낙해 보여 일부러 그렇게 썼는데 말이다.

「안항」을 쓸 때 겉으로는 기러기가 줄지어서 날아가는 모습을 그리면서 우리 겨레의 운명과 미래를 넌지시 암시하는 시적 장치를 마련하느라고 애를 썼다. 나울나울, 고래실, 보동보동, 나볏이, 두렛일, 한 모숨 등 토박이말도 알맞게 배치하였다. 남북의 경계를 자유롭게 넘나드는 기러기 떼의 날갯짓을 보면서 "천오백 년 전 고구려 때/ 흙 속에 깊이 묻혀/ 여태껏 눈도 못 튼 볍씨의/ 긴긴 잠을 흔들어 깨우겠다"라는 조국이 하나 되는 염원을 낮은 어조 속에 담아낸 작품이다.

「안항」의 창작 모티브는 1989년 겨울 대학생들을 인솔하고 갔던 모스크바에서 비롯되었다. 거기서 만난 북한 유학생에게 보내는 은근한 메시지를 북녘으로 날아가는 기러기 떼의 날갯짓에 의탁한 작품이다.

1980년대는 군사 정권의 폭압적 정치로 모든 민주 세력이 탄압받고 있었다. 이어서 대통령 직선제로 노태우 정권이 들어서게 되어 정권의 정통성이 어느 정도 인정되는 듯했지만 제도권과 재야의 정치세력들은 민주화 투쟁을 멈추지 않았다. 한편 1988년 개최된 서울 올림픽이 성공적으로 끝나자 한국의 국제적 위상이 한 단계 올라가면서 통일에 대한 희망도 그만큼 점증하던 시기였다. 그러나 민주화와 남북통일을 열망하는 학생운동은 더욱 격렬해져서 캠퍼스는 최루탄 가스로 뒤덮이게 되었다. 그 무렵의 국제 정세는 격변하고 있었다. 소련이 개혁 개방의 길로 나서면서 동유럽의 공산권이 붕괴하고 있었다. 냉전체제가 무너지고 새로운 세계가 동트고 있는 시기였다.

서울 올림픽을 성공적으로 개최하고 나자 그해 겨울 정부에서는 소련, 중국, 베트남과 동유럽 국가에 각 대학의 운동권 학생들을 파견하여 견학시키는 프로그램을 진행하였다. 사회주의 국가들의 비참한 실상을 직접 눈으로 보면 운동권 학생들의 생각이 변화하리라는 정책적 배려에서 나온 결정이었다.

내가 재직하던 대학에서도 이러한 정책에 따라 '사회주의 국가 견학단'이 구성되었는데 운동권 학생들을 인솔할 교수가 두 명씩 동행하였다. 나는 소련팀 인솔 교수를 맡아 출국하게 되었다. 나는 그때 현직 교무위원도 아니었기 때문에 학생들을 지도한다는 본래의 책임감은 별로 안중에 없었다. 내 문학의 원천과도 같은 러시아 문학, 큰 별 같은 시인과 작가들을 낳은 광활한 영토를 들러볼 수 있다는 기대에 부풀어 있었다. 당시 소련과는 수교 이전이어서 은근히 겁이 나기도 했다. 그러나 이미 베를린 장벽이 무너지기 시작하였고 사회주의 국가들도 하나둘 붕괴하고 있는 국제 정세였다.

현지에 가서 보니 소련 사람들의 눈에는 한국이 꿈의 나라가 되어 있었다. 한국이 제국주의 미국의 가난한 식민지인 줄 알던 그들이 서울 올림픽 중계방송을 시청하면서 발전된 서울의 광경을 보고 나서 완전 두 손을 들어버린 것이다. 올림픽 경기를 생방송으로 중계하는 티브이 카메라에는 경기장 주변의 풍경도 자연스레 잡혀 쭉쭉 뻗어나간 도로와 즐비한 고층빌딩과 밝고 평화로운 서울 시민들의 모습을 똑똑히 보았던 것이다.

모스크바 국제공항에 도착하여 입국심사를 받는데 지루하

게 마냥 기다려야 했다. 제대로 일을 하는 사람은 안 보이고 다들 멍하니 정신 나간 듯 우물쭈물 우왕좌왕했다. 국제공항 화장실인데 휴지도 없었고 수도에서는 물도 나오지 않아 악취가 진동하였다. 입국장은 난장판이어서 질서라고는 하나도 없었다. 소련의 붕괴는 시간문제라는 것을 피부로 느낄 수 있었다.

입국장에 가득한 카트와 공항 지붕에서 번쩍이는 SAMSUNG과 LG의 광고판을 보았을 때의 뿌듯한 마음은 차라리 감동 그 자체였지만 공항에서 시내로 들어오면서 차선 하나 보이지 않는 도로와 우중충한 건물과 낡은 아파트를 보면서 마음이 착잡해졌다. 지워진 차선을 새로 칠할 페인트도 없고 낡은 아파트를 수리하고 도색할 돈도 바닥난 것이었다.

길거리에서 마주치는 시민들은 우리를 따라다니면서 담배 한 개비 달라고 통사정을 하였고 눈웃음을 팔며 외국인을 유혹하는 아가씨들이 거리에 넘쳤다. 시내 중심가에 위치한 맥도날드 매점 앞에 줄을 선 사람들이 백 명도 넘게 보였다. 어느 건물 앞에 많은 사람들이 모여 있기에 무슨 일인가 가까이 가서 보았더니 장화와 운동화를 배급하는 곳이었는데 물품이 바닥나자 사람들이 고개 숙이고 묵묵히 발길을 돌렸다. 호텔 매점에 담배를 사러 갔는데 문을 막 닫고 있던 점원에게 담배를 달라고 하자 손으로 벽시계를 가리켰다. 자기 근무시간이 끝났으니까 안 판다는 시늉이었다. 더 팔아봐야 자기 소득이 오르는 것도 아니니까 나 몰라라 하는 태도였다. 사회주의 국가의 한심한 생존 현실이었다.

우리에게 그동안 공포의 진원지가 되었던 소련이 이 꼴이 된 것을 보면서 쾌재를 부르고 싶은 마음에 앞서 연민의 정이 더 드는 것이었다. 미국과 무기 경쟁을 하고 우주개발을 하다가 국민들을 다 굶기고 국가의 기둥뿌리를 썩게 만든 정치하는 놈들의 악마적 근성은 참 무시무시한 것이었다. 1917년 볼셰비키 혁명 때 그 당시 조선 인구와 맞먹는 1천 7백만 명의 인명이 죽었다는 역사적 사실도 문득 떠올라 어마지두에 이래저래 혼겁할 지경이었다.

우리 일행이 모스크바 대학 견학을 마치고 숙소로 돌아온 날 저녁 뜻밖에도 모스크바 대학에 유학 중인 북한 대학생 한 명이 찾아왔다. 왜소한 체구의 그 학생은 장미 한 송이를 손에 들고 와서 우리 대학생들과 반갑게 만났다.

호텔 방에서 남과 북의 대학생들이 함께 술을 마셨다. 나는 그 자리에서 꼭 술김에 한 말이 아니게, 진정에서 우러나오는 목소리로 일장 훈계를 했다. 마치 미래의 '시인 대통령'이라도 된 듯 비장한 어조로 남과 북의 대학생들에게 환상적인 통일론을 역설하였다. 연방제니 햇볕론이니 민족끼리니 하는 정치적 구호보다야 백번 월등한 즉각 통일론을 주장하였다. 운동권 학생들은 사회주의 종주국이 이렇게 비참하게 망해버렸다는 사실을 받아들이기 어려운 듯 눈물을 흘리며 비분강개하였고 북한의 대학생은 같은 민족임을 강조하면서 아주 조심성 있는 태도로 내 말에 고개를 끄덕이고 있었다.

이때 피력한 나의 즉각 통일론은 「밉고도 미운 빨갱이 악마」라는 시에서 "노태우나 김일성이나 그게 다 그거다/ 미국이나 소련이나 그놈이 그놈이다/ 남북간에 전쟁이 다시 일어나서/ 돌격 앞으로 조준사격을 명령 받으면/ 너희들은 모조리 총을 내던지고/ 앞으로 앞으로 달려나가서/ 서로 얼싸안고 만세를 외쳐라/ 그 순간 조국 통일은 즉각 완수된다!/ 남의 대학생들은 붉은 깃발을 들고/ 북의 대학생들은 푸른 깃발을 들고/ 서로 얼싸안고 외쳐라/ 반통일 수구세력을 분쇄하라!"고 이미 기록해놓은 바 있다.

1990년 한소 수교가 이루어졌고 이듬해 12월에 소련이 마침내 붕괴하였다. 1991년 남북 유엔 동시 가입, 1992년 한중 수교로 이어지는 그 무렵의 한반도 정세는 반전과 반전을 거듭하는 한 편의 드라마 같았다.

이런 소용돌이 속에서 세월은 흘러갔다. 시간이 지날수록 그해 겨울 모스크바에서 만난 앳되고 왜소한 북한 유학생이 자꾸 생각났다.

「안항」은 기러기 날개에 실어 그에게 보낸 암호 메시지다.

기러기의 눈으로 바라보는 한반도의 산하요 북녘 동포들이다. 천수만 갈대밭-휴전선-황해도 연안 갯벌을 지나 아득한 북녘 하늘을 날아가는 기러기 떼는 형제끼리 총 겨누는 놈들이 정말 미울 것이다.

(『시로 여는 세상』, 2020. 봄)

작가의 말

2018년은 소설책을 내느라고 내내 고생을 했다. 요즘 독자들이야 시인이 웬 소설책? 하겠지만 나는 젊었을 때는 소설을 제법 많이 쓴 작가였다. 시는 동인지에나 몇 편씩 발표하고 공책에다가 써놓는 '숨어 있는 시인'이었다. 그러다가 40대가 저물자 소설 쓰기가 힘에 벅찼다. 그래서 옛 고향으로 돌아가듯 시를 부지런히 쓰고 발표했다. 나는 원래 시인이었으니까 시인으로 살아가는 게 너무 당연한 순리였다. 이런저런 이야기는 하나마나한 것이고 또 어느 정도는 알려진 것이니까 여기서는 줄이겠다.

『처형의 땅』(일지사, 1974), 『내가 만난 여신』(물결, 1977), 『새와 십자가』(고려원, 1978), 『절망과 기교』(예성, 1981), 『저녁연기』(정음사, 1985), 『겨울의 꿈은 날 줄 모른다』(문학사상, 1988), 『순은의 아침』(나남, 1992), 그 밖에도 창작집에 채 들어가지 못한 단편 몇 개와 중편소설까지 모아서 『오탁번 소설』 여섯 권을 만들었다. 옛날에 나온 소설집은 모두 납활자로 문선을 하고 조판을 했으니까 책을 새로 내기 위해서는 컴퓨터 작업을 몽땅 다시 해야 했던 것이다. 출판사에 따로 작업비용을 주고 하나하나 만들다 보니까 시간도 많이 걸리고 교정을 보는 데도 엄청 힘이 들었다. 대학교수로 있는 내 제자의 제자들을 불러서 교정을 보게 했는데 녀석들이 태어나기도 전에 쓴 소설이라 곁에서 내가 다 시시콜콜 일러주다 보니까 더 힘이 들었다.

작품은 발표 순서대로 수록하고 책 이름도 다시 달고 각 권마다 맨 앞에다가 '작가의 말'을 새로 써서 실었다. 거기에 소설집을 내는 나의 의도와 지나간 날의 회고와 요즘 세상을 대하는 나의 태도가 중뿔나게 다 나온다.

좀 민망하기는 해도, 그게 나니까 그게 내 아픈 영혼이니까 여기에 다시 불러 모은다. 작가정신이라느니 시국관이라느니 하는 말은 좀 그렇고, 그냥, 그동안 소설가 오탁번의 영혼이 참 외로웠겠다 이해해주면 감지덕지할 수 있으련만.

굴뚝과 천장 오탁번 소설 1

태학사
2018년 12월 14일
128×188mm
348쪽
18,000원

이 소설책은 이상하다. 낱권으로 된 창작집도 아니고 가지런한 소설전집도 아니다. 이름을 『오탁번 소설』 1, 2, 3, 4, 5, 6으로 했다. '오탁번 소설'? 외려 '소설 오탁번'이라고 해야 하지 않을까. 내 안에 숨어 있는 또 하나의 '나'가 헤살 놓는다.

한국전쟁, 피란, 배고픔과 가난, 좌절하는 젊음의 분노와 저항이, 느릿느릿, 가파르게, 들쑥날쑥하는 이야기가 말짱 서사적인 허구가 아니라 어느 특정인의 아롱다롱한 전기적 기록 같다. 60여 편의 소설 속에는 배고파서 우는 소년이 있고 절망에 몸부림치고 세상의 높은 벽 앞에 맨손으로 돌진하는 무모한 젊음이 있다.

시와 소설을 넘나들며 까마득한 시간 속에서 혼자 외로웠다. 1969년 「처형의 땅」으로 등단했으니 반세기가 다 됐다.

나도 한때는 부지런한 작가였다. 80년대까지는 소설에 주력하면서 시는 '현대시' 동인지에나 발표를 했었다.

「처형의 땅」의 등장인물인 '우리들 중의 하나'가 나의 다면적 자화상이라면 「굴뚝과 천장」의 '그' 또한 지울 수 없는 나의 자화상이다. 요즘 독자들은 나를 '시인'으로만 알지 싶다. 인터넷 카페나 블로그에는 하루 열 번도 넘게 내 시가 나비처럼 날아다니지만, 소설은 가물에 콩 나듯, 그것도 중고책 판매 사이트에서나 코빼기를 잠깐씩 비친다.

작가의식 속에는 한마디로 말할 수 없는 신비한 패러다임이 있다. 내 문학적 영토의 암사지도에는 악마와 천사가 가위바위보하고 소년과 노인이 숨바꼭질하는 산이 있고 섬이 있다. 시와 소설이 넘나들며 소나기가 내리고 누리가 쏟아진다. 그래서 나의 시에는 앙증맞은 서사가 종종 보이고 또 소설의 한 부분을 떼어내면 그냥 시가 되는 경우도 가끔 있다.

1부터 4까지는 발표 순서대로 작품을 수록한다. 그래야 내가 걸어온 길을 따라 펼쳐지는 서사적 풍경이 곧이곧대로 보인다. 좀 긴 소설은 5와 6에 따로 앉힌다.

30년, 40년 전에 냈던 절판된 창작집과 그 후에 발표한 소설을 몽땅 불러내어, 헤쳐 모엿! 시켰다.

맘마와 지지 오탁번 소설 2

태학사
2018년 12월 14일
128×188mm
352쪽
18,000원

발단-전개-위기-절정-대단원으로 이어지는 소설의 구조처럼 내 생애도 이제 '전개'와 '위기'의 과정으로 진입하고 있었다. 나는 1971년에 대학원 국문과를 마치고 육사 교수부 국어과에서 현역 교관으로 복무하고 있었다.

전역 후 수도여사대 전임을 거쳐 1978년 가을 고려대학교 사범대 국어교육과로 자리를 옮겨 앉았다. 나의 생애는 어떻게 전개되어 위기와 절정을 겪으면서 대단원에 도달할 것인가. 일주일을 반으로 나눠서, 앞은 대학교수로서 뒤는 작가로서 살기로 독하게 작정하고 암흑의 시공간으로 나를 몰아넣었다. 현실과 이상이 서로 패대기치고 정신과 육체가 드잡이하는 적의만 번뜩이는 시대 상황이었다.

런던대학의 윌리엄 스킬런드 교수(1926~2010)는 나와는 생면부지의 사람이었는데 내 소설 「불씨」(『문학사상』, 1975)를 런던에서 읽고 번역을 했다는 소식을 뒤늦게 들었다. 한국문학을 연구하는 외국인이 이역만리에서 서울에서 발행되는 문학잡지를 읽는다는 사실도 놀랍거니와, 낯모르는 신인작가의 소설을 번역까지 했다니 기쁘기도 하고 왠지 모르게 좀 아득한 심정이 되었다.

스킬런드 교수는 일본소설과 한국소설을 전공한 학자로 영국에서뿐 아니라 국제적으로도 이름난 동양학자였다.

1983년 여름 해외연구교수로 미국 하버드대학에 갈 때 내가 번역한 시 몇 편과 함께 「불씨」의 영역본을 가지고 가서, 미국인들과 짧은 이야기를 나누기도 했다. 이듬해 여름 런던에서 스킬런드 교수를 처음 만났다. 그리니치 천문대의 본초자오선도 그와 함께 보았다.

「우화의 집」은 1972년 단행된 10월 유신을 톡 까놓고 풍자 비판한 소설이다. 그때 나는 육군 대위로 육사 교수부 교관이었다. 섶을 지고 불로 뛰어든 셈이었다. 도저히 참을 수가 없었다. 강의실에서 분필을 잡고 판서를 할 때도 손이 마구 떨렸다. 아무리 모진 태풍이 불어도 그 '태풍의 눈'은 오히려 바람도 약하고 고요하다더니… 태풍은 나를 무너트리지 못하고 그냥 지나갔다.

나는 언제나 문학작품으로서 현실을 다룰 때, 그것이 문학 자체로 완벽한 구조가 되지 않으면 이미 문학의 위쪽이거나 아래쪽이라는 신념을 지니고 있었다.

아버지와 치악산 오탁번 소설 3

태학사
2018년 12월 14일
128×188mm
336쪽
18,000원

나처럼 해방 전후에 태어나서 한국전쟁을 겪으면서 어린 시절을 보낸 사람들은 역설적으로 말하면 문학적으로는 아주 행운아일지도 모른다. 물리적인 시간으로야 칠십 몇 년을 살아왔지만 그들의 정신사적 시계바늘은 족히 몇 백 년의 아득한 시간대를 가리키고 있기 때문이다.

목화 따서 물레로 실을 잣고 그걸로 장갑과 양말을 뜨고 무명으로 지은 솜옷을 입고 자란 그들은 조선시대의 어린이와 별반 다를 게 없었다. 보릿고개의 배고픔을 넘기고 간신히 부지해온 목숨들이었다.

전쟁과 피란살이의 궁핍한 시대를 나물죽을 먹으며 통과한 그들의 생애 속에는 농경문화의 원형질이 그대로 살아 있다. 그들의 문화적 상상력 속에는 전쟁과 독재, 산업화와 민주화, 아날로그와 디지털이 공존하고 있다. 그야말로 인류

문화사의 원형적인 파노라마가 몽땅 잠재해 있어서 수백 년은 족히 살아온 특이 인류라고 할 수 있다. 화석과도 같은 문명사적 보고를 소장하고 있는 존재하지 않는 도서관이요 박물관인 셈이다.

해방 후 남북은 동족상잔의 비극을 겪었고 그 고통은 현재진행형이다. 우리가 두고두고 땅을 치는 것은 북쪽은 친일파를 단죄하고 우리말을 보듬고 지켰는데 왜 남쪽은 친일파들이 득세를 하고 우리말은 만신창이가 되도록 방치했느냐는 점이다. 식민지사관 교육 탓으로 지금까지도 '조선'을 '이조'라 하고 '명성황후'를 '민비'라고 하면서도 부끄러움을 모르는 일이 허다하다.

지난번 남측에서 제안한 베를린 구상에 대한 북측 노동신문의 논평을 보면, 그들이 토박이 우리말을 효과적으로 구사하고 있다는 사실을 알 수 있다. 당시 북측은 우리의 제안을 맞받아치면서 "그러한 기적이 조선반도에서 일어나기를 바라는 것은 노루잠에 개꿈"에 지나지 않는다고 했다. 또 다른 무슨 논평에서는 '가을 뻐꾸기 같은 소리'라고도 했다.

북측의 논평에 '노루잠'과 '가을 뻐꾸기'라는 말이 나온 것을 보았을 때 우리 민족의 영혼을 보듬고 지켜내는 어떤 위대한 정신이 북측의 헐벗은 강토에는 여전히 살아 있다는 생각이 들었다. 「임꺽정」을 쓴 벽초가 북으로 가면서 우리말 사랑의 유전자까지도 몽땅 그쪽으로 가져간 것일까.

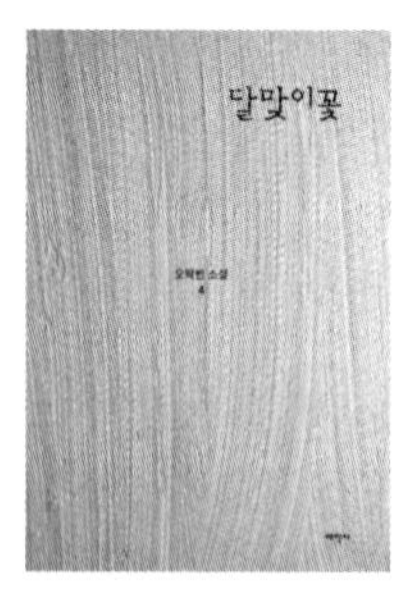

태학사
2018년 12월 14일
128×188mm
344쪽
18,000원

달맞이꽃 오탁번 소설 4

나는 지금도 1951년 겨울 경상북도 상주까지 피란 갔던 어린 시절을 잊지 못한다. 봄이 되어 고향으로 돌아왔지만 집은 불에 타서 흔적도 없었고 먹을 식량도 하나 없었다. 누가 왜 전쟁을 일으켰는지도 모르면서 힘없는 백성들은 생존을 위하여 온갖 고생을 다해야 했다. 바닥에 가마니를 깐 임시학교에서 노래를 배우고 반공방일의 구호를 외치며 국어와 산수를 배웠다.

교과서도 제대로 없어서 선생님이 "동해물가 시작!" 하고 외치면 학생들은 노래를 불렀다. 입학하기 전에 어깨너머로 몇 글자 배운 탓이었을까. 나는 처음에 그 노래 제목이 '동해물가'인지 알았는데 나중에 교과서가 나왔을 때 보니까 '애국가'였다. 다들 아침밥을 굶고 다녔다. 공부하러 학교에 다닌 것이 아니라 밥을 얻어먹기 위해서 학교에 갔다. 유엔에서 원조한 식량으로 간신히 목숨을 부지하였다.

외국 여행을 하면 할수록 천등산과 박달재 사이에 있는 내 고향이 더욱 또렷하게 떠오를 때가 많다. 그럴 때면 가난에 짓눌려 원한의 대상으로만 생각했던 내 고향이 본래부터 가지고 있던 독약과도 같은 매력과 못생긴 산과 시시한 강물이 주는 저 천덕꾸러기 같은 아름다움이 내 문학의 원천이라는 사실을 새삼 깨닫게 된다.

1년간의 미국 생활을 마치고 귀국한 1984년 가을, 단편소설 세 편을 썼다. 「아가의 말」, 「달맞이꽃」, 「저녁연기」는 마치 탕아가 오랜만에 고향에 돌아와서 오줌을 눌 때의 평화로움으로 썼다.

「우화의 땅」은 고려사 열전을 읽고 쓴 작품이다. 벼슬을 하기 위하여 제 아우나 아들을 거세시켜서 내시로 들여보낸 놈들의 이야기가 나와 있었다. 사람의 본능 속에 숨어 있는 악마와 야만의 몹쓸 모습에 정말 놀랐다.

내가 겪은 80년대가 바로 '우화의 땅'이었다. 헌법을 유린하고 권력을 찬탈하는 자들이나 지식과 신념을 헌신짝처럼 내던지고 권력에 빌붙는 지식인들도 고려시대 제 자식의 불알을 까는 놈들의 낯짝과 다를 게 없었다. 네미!

혼례 오탁번 소설 5

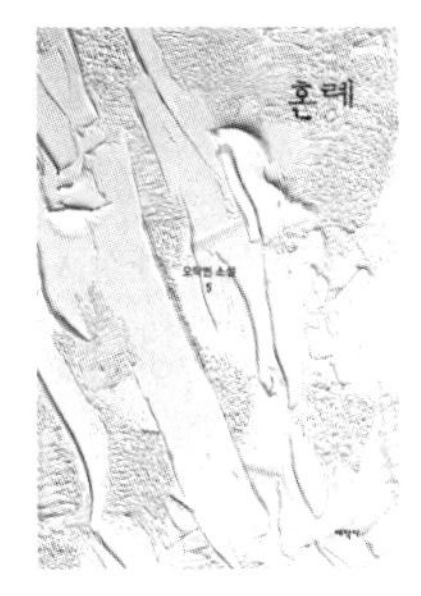

태학사
2018년 12월 14일
128×188mm
364쪽
18,000원

언젠가 어느 학생이 날 보고 「죽은 시인의 사회」에 나오는 영화배우와 닮았다는 말을 했다. 나중에 비디오테이프를 빌려서 그 영화를 보고 나서야 나는 학생이 말한 뜻을 알아차리고 실소를 했다. 생김새가 아니라, 내가 평소에 하는 꼴이 그 배우와 흡사한 것이었다. 사실은 그 영화가 나오기 전부터도 내 강의실 풍경은 좀 야릇하기는 했었다. 획일적이고 딱딱한 강의는 차마 하지 못했다. 그러니까 내가 그 영화배우를 닮은 게 아니라, 그가 나를 닮았다고 해야 맞는 말이었다.

창작론 강의실에서는 학생들과 담배도 노나 피웠고, '자목련이 있는 데는 어디?'나 '중앙도서관 앞에 있는 은행나무는 몇 그루?' 같은 시험문제를 내기도 해서 학생들을 깔깔 웃게 만들기도 했다. 교양국어 시간에는 두꺼운 국어 교재를 가져오지 못하게 했다. 왜 이렇게 교재가 두꺼운지 아느냐. 교수들이 인세를 많이 받으려고 책값을 올리기 위해서 한 짓이다. 나도 공범이며 종범이다. 학생들은 이런 수에 넘어가면 안 된다. 강의시간에 다루는 부분만 찢어서 가져와야지 새 교재가 아깝다고 그냥 들고 오는 학생은 낙제를 시킨다고 엄포를 놨다.

교재에 실린 글을 다룰 때도 주제와 내용을 요약해서 일방적으로 가르치는 게 아니라, 글의 잘못된 부분을 수정하라고 했다. 그러니까 교재가 틀려먹었다는 점을 하나하나 따져보는 시간이었다. 한 단원이 끝나면 그걸 찢어서 코를 풀기도 했고 어떤 학기에는 종이비행기를 접게 해서 강의실에서 날리기도 하였다.

얼마 전 오랜만에 이어령 선생을 만났다. 이런저런 이야기 끝에 내가 정년하고 10년이 되도록 이렇게 오래 살 줄 몰랐다고 말하자, 당신은 젊었을 때 서른 살까지 산다는 것은 상상도 안 했다고 했다. 이처럼 그와 나, 암울한 시대를 살아온 사람들 모두가, 앞뒤 재지 않고 죽음을 코앞에 둔 것처럼 절실하게 살아왔다. 순간마다 죽음을 예감하며 이어가는 생명력은 헤아릴 수 없는 문학적 상상력의 원천인지도 모른다.

나의 의식 속에서는 언제나 어린 시절의 꿈과 가족의 사랑 그리고 전쟁의 공포와 현실에 대한 분노와 좌절이 그때그때 아름답게 또 참혹하게 꿈틀거린다. 나는 그놈들을 불러내어 너나들이하면서 소설을 썼다. 소설 한 편을 끝내면 등장인물과 함께 죽었다가 담날 새벽이면 다시 눈을 뜨고 현실과 몽상을 가로지르는 작두날 위에 섰다.

포유도 오탁번 소설 6

태학사
2018년 12월 14일
128×188mm
364쪽
18,000원

이제는 신문과 방송도 인터넷과 모바일로 제작하는 1인 매스컴 시대가 됐다. 모두가 기자이고 아나운서이다. 정치·사회·문화, 모든 분야에서 문학적 상상력이 이룬 구조보다 더 기막힌 허구가 초 단위로 생산되었다가 가뭇없이 사라져버린다.

SNS를 통하여 무한대의 속도로 뉴스와 주장이 퍼지면서 패싸움을 한다. 누가 적이고 아군인지도 헷갈린다. 어느 게 진짜이고 어느 게 가짜인지 종잡을 수 없다. 주 인물이 따로 없고 보조 인물이 따로 없다. 일단 한 자리를 차지한 사람은 타인의 소외와 분노는 도외시한다. 오직 나의 기득권과 진영 논리에 함몰되어 상대를 공격한다. 별별 야릇한 말장난이 판을 치고 사회 전체가 뜬소문으로 뒤덮인다.

얼마 전 남북이 발표한 평양선언과 판

문점 군사협정을 국회 동의 없이 내각에서 비준하자 야당이 들고 일어났다. 당국은, 북한은 우리 헌법상 국가가 아니므로 국회 동의는 안 받아도 된다고 맞섰다. 엉뚱한 말싸움이 국가와 민족의 운명을 망칠지도 모른다. 내가 북한의 최고지도자라면, 즉각 핵미사일 일발 장착! 발사!다. 조선민주주의인민공화국이 국가가 아니라고?

AI가 바둑을 두고 소설을 쓰고 자동차를 모는 시대가 됐다. 기술은 날로 발전한다. 미리 유전자 검사를 해서 질병 위험이 적은 배아를 자궁에 착상시켜서 다운증후군이나 혈우병을 예방하고, 부부의 정자와 난자에다 더 건강한 다른 여성의 난자를 사용하여 심장질환을 차단하는 이른바 '세 부모 아기'를 만든다는, 꿈 같기는 해도 딱 벼락 맞을 기술이 나왔다고 한 게 몇 해 전이다. 또 최근에는 아예 인공수정을 할 때 IQ가 낮은 수정란을 골라 폐기하여 머리 좋은 아기만

낳게 하는 기술이 나왔다고 한다. 이웃과 더불어 대지를 경작하며 사랑과 슬픔을 느끼며 살아가는 호모사피엔스는 이미 멸종의 시간 위에 서 있는 것일까.

나는 지구 종말이 오는 그날에도, 액막이연을 날리고 대보름날 달집 태우며, 하날때, 두알때, 사마중, 날때, 염낭, 거지, 팔때, 장군, 고드래, 뽕! 놀이를 하겠다.

왕할머니는 막내 증손자를 안고 누워 잠이 드신 모양이었다. 문 여는 소리에 아기가 끙끙거리며 왕할머니의 젖가슴을 파고들며 대춧빛 젖꼭지를 오물오물 빨기 시작했다. 아기의 궁둥이를 다독다독 다독거리는 왕할머니의 검버섯 핀 손이 호랑나비 날개만큼 가벼워 보였다.

-「포유도」 맨 끝

소설 「굴뚝과 천장」의 터무니

소설 「굴뚝과 천장」은 1973년 현대문학 3월호에 발표한 작품이다. 그 후 나의 첫 창작집 『처형의 땅』(일지사, 1974)에 수록되어, 사회적 변혁과 문학이 역사 자체가 될 때의 역비례 관계에 대한 성찰을 최초로 형상화시켰다는 평가를 받았다.

이 소설은 1972년 4월 4일(화) 조선일보 석간(제15688호)에 보도된 '11년 전 실종된 고대생, 뼈만 남은 시체로 발견'이라는 기사를 소재로 하여 쓴 작품이다. 그 기사를 처음 보았을 때, 이거야말로 한 편의 소설이라는 강한 느낌을 받았다. 기사

11年前 失踪된 高大生 뼈만남은 屍體로 발견

講議室천장서

『조선일보』, 1972. 4. 4

를 가위로 오려서 노트에 붙여놓고 틈틈이 되읽으면서 소설의 배경과 등장인물의 밑그림을 그려나갔다. 시체가 발견된 장소가 다름 아닌 모교의 본관 3층 위에 있는 다락방 강의실의 천장 속이라는 사실에 나는 상당한 충격을 받았다.

전기공사를 하던 학교 전기공이 학생의 시체를 발견하였는데 상의 주머니에 들어 있는 학생증으로 신원이 확인되었다. 정외과 2학년 허 모 군(21세)이었다. 1961년 1월 집을 나가서 한 달이 넘도록 돌아오지 않자 가족과 학교 당국에서 실종 신고를 하였지만 다 허사였다. 지붕과 천장 사이의 높이 1.2미터 되는 좁은 공간에 반듯이 누운 자세였는데 뼈만 남은 상태였고 곁에는 음독한 것으로 보이는 약병 한 개와 낡은 영어책 한 권이 놓여 있었다.

본관 3층 위에 있는 다락방은 내가 재학 중에도 가끔 강의실로 사용되기도 했지만 천장이 너무 낮아서 키 큰 교수가 강단에 서면 머리가 천장에 부딪힐 정도였다. 마름모꼴 모양의 작은 창문 밖에는 비둘기들이 날아들어서 비 오는 날이면 캠퍼스 곳곳에 숨어 있던 최루탄 가스와 비둘기 똥 냄새도 심하게 나는 그런 공간이었다. 천장 위로 올라가는 작은 통로가 있었던 모양이지만 학생들은 아무도 그 사실을 몰랐다.

재학 시절인 1964년 나도 그 다락방 교실에서 몇 번 강의를 들은 적이 있었다. 학점을 따도 그만 안 따도 그만인 무슨 무슨 개론 강의가 개설되곤 했으므로 학생들은 강의를 듣는 둥 마는 둥 제멋대로였다. 등록금 내느라고 쩔쩔매고 있던 나는 학교를 끝까지 다녀야 되나 당장 때려치워야 하나를 놓고 고민을 하고 있던 시기였다. 매학기 학생운동의 격랑이 몰아치던 시기였다. 바로 그 시간에도 실종된 '그'는 다락방 천장 속에 죽은 채 누워 있었던 것이다. 나의 대학생활의 단면들이 그대로 서사적 구조의 배경이 되어 작품 속에 투영되고 있는 것도 이 때문이다. 발단-전개-갈등-위기를 거쳐 대단원에 이르는 서사구조 속에 작품의 주인공인 '그'와 작가인 '나'의 인생관도 고스란히 들어 있는 것이다.

내가 대학 1학년일 때 춘천 D여대의 기숙사 굴뚝에서 여대생이 투신자살한 사건이 신문에 보도된 적이 있었다. 나는 그 여대생을 'R양'으로 설정하여 11년 만에 천장에서 발견된 '그'와 대비하기로 했다. 'R양'을 부정선거를 저지른 집권당 유력자의 딸이라 가정하고 안일한 타협과 굴종을 질타하는 소설 속의 '그'의 저항정신과 현실 부정의 태도에 긴장감을 배가시키는 보조인물로 삼기로 했다.

D여대 기숙사에 가서 R양이 투신자살한 굴뚝을 답사하고 온 '그'는 이렇게 말한다.

"지금까지는 그래도 무엇을 기다린다는 뼈아픈 꿈이 있었지. 그런데 이젠 뭐야? 무엇을 기다리지? 지금 나라꼴을 보게. 학생들이 피를 흘려가며 쟁취한 민권이 아닌가. 그런데 정치인은 정치인대로, 노동자는 노동자대로 학생혁명을 아전인수하기에 혈안이 되어 민주민생은 거들떠보지도 않는 거야."

「굴뚝과 천장」을 쓴 1973년 나는 「처형의 땅」(『대한일보』, 1969)으로 등단한 지 5년이 채 안 된 신인 작가였지만 한국의 현실 정치와 그것을 바로잡기 위하여 투쟁하다가 역사의 그늘 속에서 소멸하는 순수한 지성인들의 희생을 부각시켜야겠다는 뚜렷한 작가의식을 지니고 있었다. 1960년 3·15 부정선거, 4·19 학생혁명, 1961년 5·16 군사쿠데타로 이어지는 역사의 소용돌이로 나의 서사적 상상력이 빠르게 줄달음치고 있었다. 4·19 학생혁명과 5·16 군사쿠데타 사이의 역사적 공간에다가 자신을 내던져놓고 11년 동안 잠적해 있던 젊은이의 궤적을 소설로 재구성하였다.

「굴뚝과 천장」을 쓸 때 나의 신분은 육군 중위였다. 현역 시절인데 어떻게 이런 소설을 쓸 수 있었을까. 나는 그때 대학원 국문과에서 석사학위를 받고 1971년 여름에 입대하여 훈련을 마치고 중위로 임관되어 태릉 육군사관학교에서 국어과 교관으로 복무하고 있었다. 병역은 국방의 신성한 의무인 동시에 젊은이의 청춘을 가로막는 장벽 같은 것이었다. 나는 육사 생도들에게 교양 국어와 작문을 가르치면서 병역과 창작 생활을 이어갈 수 있었다.

작품의 시대적 배경은 실종 대학생의 생애에 맞추어 3·15 부정선거와 4·19 학생혁명으로 설정했다. 1961년 실종된 후 11년 만에 발견된 대학생의 실제 시간대와 일치시켰다. 학생혁명으로 독재정권은 무너졌지만 정치인들은 분열과 대립을 일삼으며 오로지 혁명의 열매를 따먹는 일에만 몰두할 뿐 민생에는 아랑곳하지 않았고 사회 각 단체들은 자기들의 주장과 이익만을 내세우면서 격렬한 시위를 이어가고 있었다. 학생혁명을 지지하던 국민들은 허탈과 좌절 속에서 자포자기의 심정이 되었다. 급기야 군부가 정변을 일으켰다. 길고 긴 암흑의 시대가 다시 시작되고 있었다.

4월 혁명의 도화선이 됐던 고려대학교 학생들의 4·18 의거는 학생들에게 한없는 긍지와 사명감을 동시에 안겨준 역사적 사건이었다. 1961년 4월 고려대 4·18 기념탑 제막식에 당시 민주당 정권의 윤보선 대통령과 장면 국무총리, 곽상훈 국회의장이 참석하여 치사를 한 사실만 보아도 고려대 학생들이 이끈 학생운동의 역사적 중요성을 잘 알 수 있는 것이다. 이처럼 고려대학교는 반독재투쟁의 성지나 다름없었다.

1964년에 시작된 나의 대학생활은 한일협정과 삼선개헌 그리고 10월 유신이라는 최악의 정치적 상황과 맞물려 있었다. 고려대 학생들이 독재정권에 항거하는 시위를 주도해나

가자 대통령 긴급조치로 유독 고려대학교에만 휴교령을 내린 적도 있었다. 아예 고려대를 폐교시키려는 음모도 진행되고 있다는 흉흉한 소문도 나돌았다.

「굴뚝과 천장」이 발표되자 중앙일보 소설 월평에서 평론가 김윤식 교수가 실로 오랜만에 접하는 문제작이라면서 "3월은 작품 하나가 있어서 뻐근하다. 이 한 줄을 써놓고 나는 이 달의 소설평을 끝내어도 좋다고 생각한다"라고, 그야말로 뻐근한 평을 했다. 예술 작품이 본질적으로 내포하는 가장 곤란한 패러독스에 관련되어 있다는 점과 사회적 변혁과 문학이 역사 자체가 될 때의 역비례 관계에 대한 성찰을 최초로 형상화시켰다는 점에서 문예비평의 본문에 해당한다는 평가를 한 것이다.

기성세대의 권력 야욕과 위선에 절망하여 굴뚝에서 투신한 'R양'과 학생혁명의 선두에 섰다가 혁명이 성공하자 그 열매를 정상모리배들이 독점하는 세태에 절망하고 역사의 현장에서 잠적해버리는 '그'는 다 같이 역사의 주동자였다. 그를 그저 지켜보면서 안일한 타협으로 자유와 정의를 외면하는 '나'는 단순한 역사의 기록자에 지나지 않을 것이다. 이들은 모두 인간 본성의 적나라한 원형이다. 그러나 나는 '나'가 아니었다. 나는 '그'였다. 대학 등록금도 제때에 내지 못해 매학기를 마지막 학기라는 각오로 대학 생활을 이어가고 있는 극한의 처지였다. 자살을 꿈꾸지 않은 날이 없을 정도로 처절한 삶을 이어가고 있었다. 나의 목을 옥죄고 있는 병역 문제의 미해결은 나를 벼랑 끝으로 내몰고 있었기 때문에 더욱 처절했을 것이다. 왜 내가 부잣집 놈들의 집과 땅을 지켜주느냐. 돈 많은 네놈들이나 군대에 가라. 이게 당시 신춘문예에 동화와 시가 당선되고 또 이어서 소설이 당선된 청년 문인 오탁번의 무쌍한 각오였다. 이런 말도 안 되는 몽니는 자살할 날 잡아놓은 놈이 아니고는 엄두 못 낼 치기였다. 문학적 상상력으로 감칠맛 나게 덧칠해놓은 몽상이 아니었다. 골치 아픈 병역 문제는 대학원 진학 후 육군사관학교 교관 시험에 합격하고 나서 기적처럼 깨끗하게 해결됐다. 2년 후 석사학위를 받고 교관 후보생으로 입대하게 됐던 것이다. 그때부터 나의 학문과 창작 세계가 활짝 열린 셈이었다.

대학원 공부가 마음에 하나도 안 들었지만 병역 문제까지 겹쳐 있으므로 쉽게 포기할 수도 없었다. 1970년 정지용 연구로 석사 논문을 썼다. 당시 정지용은 금기 대상이었지만 나는 아랑곳하지 않고 논문을 썼다. 논문을 트집 잡아서 잡아갈 테면 잡아가라는 배짱이었다. 병역 문제도 잘 해결됐으니 이제 현실에 순응해도 되련만 나는 타고난 반항 정신을 버리지 못했다. 1974년에 발표한 「우화의 집」은 1972년 10월에 단행된 10월 유신을 톡 까놓고 풍자 비판한 작품이다. 이런 작품을 쓰고도 곤욕을 안 당한 나를 보고 사람들은 고개를 갸우뚱했다. 더구나 나는 그때 현역 대위였다. 내 운명을 걸고 도박을 한 셈이었다.

요즘 나는 소설가 오탁번을 다시 만나고 있다. 젊은 날의 네거티브 필름을 보고 있는 것 같다. '오탁번 소설'의 궤적을 따라 아득한 시간 여행을 하고 있다. 작품 하나하나가 저마다 숨을 쉬고 있다. 문학작품의 유효기간은 무한대다.

「처형의 땅」의 등장인물인 '우리들 중의 하나'가 나의 다면적 자화상이라면 「굴뚝과 천장」의 '그' 또한 지울 수 없는 나의 자화상이라고 볼 수 있다. 작가 의식 속에는 한마디로 단정할 수 없는 신비스러운 패러다임이 있다. 악마와 천사가 가위바위보하고 소년과 노인이 숨바꼭질하는 곳, 이것이 나의 문학적 영토의 암사지도다. 나의 영혼 속에는 시와 소설이 회전하며 존재한다. 시와 소설은 대립 개념이 아니다. 그러므로 나의 시에는 앙증맞은 서사가 들어가기도 하고 또 소설의 어느 부분을 따로 떼어내면 그대로 시가 되는 경우도 종종 있다.

(『문화일보』, 2018. 11. 2)

제 3 부

그리운 얼굴

시인의 만장

만장輓章은 죽은 이를 애도하여 지은 글, 또는 그 글을 명주나 종이에 적어 기旗처럼 만든 것인데 장사 때 상여를 따라 들고 가는 것이다. 내 여기 '시인의 만장'이라 이름하여 시 몇 편을 따로 떼어 앉히는 뜻은, 머잖아 그들과 아득한 은하수에서 해후를 할 테니까 미리 소식을 전하려는 그윽한 속마음이 있어서이다. 이 말이 씨가 되어 시참詩讖이 된다 한들 내 알 바 아니다.

'兄主'라는 말은 '형님'의 향찰鄕札식 표기로 옛 선비들이 아버지나 형님에게 서간을 쓸 때 '부주전상서父主前上書', '형주전상서兄主前上書'라고 했다. 작품 끝에 단 연도 표시는 「지용에게」는 시를 쓴 해이고, 나머지는 해당 시인들이 별세한 해를 가리킨다. 나의 시집에 다 실린 작품들인데 그 서지는 따로 적지 않았다.

「지용에게」, 「춘설」, 「성철 큰스님」, 「미당을 위하여」도

만장일까? 명주에 비백체로 적어서 깃발처럼 휘날릴 수 있을까?

지용에게

지용을 꿈꾼 저녁마다 창밖에서 바람 소리가 들렸다 아침이면 알지 못할 방문객이 초인종을 누르며 나를 찾아왔는데 그의 모습도 그가 투표권이 있는지도 나는 모른다 그는 자꾸 종을 누르며 나는 점점 그를 알지 못하며, 지용을 꿈꾼 저녁마다 창밖에서 바람 소리가 들렸다

난초닢에 적은 바람이 오다 난초닢은 칩다

(1967)

춘설

성북동 그의 집에는
지란이 잠드는 소리가 들렸다

봄눈이 춥게 내린 날

명인이와 매실을 들고 찾았을 때
시인의 방에는
난초가 앉아 있었다
그는 내실에서
조선의 흰 장지문을 열고 나왔다

보름 후에 말 못할 세상으로 그는 갔다
키 큰 명자가 그 말을 했을 때
나는 울지도 놀라지도 않고
그가 닫아버린 풍운의 시대를
덥썩 무심하게 안았다

그는 마석에 묻혔다
그의 살이 흙과 섞이는 장면을 본 이들이
우리나라의 지훈을 이야기하고
시와 인생을 논할 때
나는 마석에도 논의에도 끼지 않았다

살과 흙이 섞이는 것이 중요한 게 아니라
글이 흙과 섞이고 바람에 섞이는
아 저 무한한 질서를

나는 무심결에 보았을 뿐

흰 살과 흰 뼈를 거느리고
건너 세상으로
큰 새처럼 날아가는 모습을
추운 난초 옆에서 지켜봤을 뿐이다

(1968)

성철 큰스님

이승을 떠나는 그대의 누더기 옷자락 사이로
해인사 가을바람 한 줄기 낙엽처럼 빠져나가고
참나무 연기 뼈와 살을 태우며 계곡을 맴돈다
어느 고요한 날 저녁 무렵 둠벙에서 연꽃 피어나듯
오동나무 높은 가지에서 오동잎 하나 뚝 떨어지듯
무심히 돌아왔다가 훌쩍 떠나버리는 그대여
　대웅전 앞 석등에 불이 켜질 때마다
　목탁 도끼로 패어 불바다 만들려고 안했나
　내가 죽어 참나무 장작 위에 자빠졌다고
　산은 산이 아니고 물은 물이 아닌 건 아니지?

석가는 큰 도적이고 달마는 작은 도적이니
나는 도적놈들 밑씻개나 만드는 땡추여
두견새 우는 골에 흩어지는 붉은 꽃이여
저승문 앞에 선 그대의 검정고무신 사이로
해인사 가을낙엽 한 줄기 바람처럼 빠져나가고
녹두알 좁쌀만한 똥고집만 누리처럼 하늘을 덮는다
천하 잡놈 잡년들 불두덩에 굵은 서캐로 남아서
백련암 뒷산 소나무 가지에 송충이로 태어나서
훌쩍 떠났다가 무심히 돌아오는 그대여

(1993)

미당을 위하여

당신은 내가 한밤중 홀로 마시는
약간 쓰디쓴 매실주 한잔입니다
빛바랜 습작노트 갈피에 있는
향나무 냄새나는 몽당연필입니다
'껌정거북표의 고무신짝'이라뇨?
'기러기표 옥양목'이라뇨?
이 기막힌 브랜드가

내 전생의 습작노트에 적혀 있던
지상과 천상의 이미지라는 것
용용 몰랐죠?

까마득한 신라의 하늘 아래
옛날 옛적 당신의 이모 한 분이
우리 동복 오씨 잘생긴 남정네한테
꽃가마에 놋요강 싣고 시집을 왔을까?
당신의 멀고먼 당숙 한 분이
우리집 밭 부쳐먹고 도지도 안 내고
마늘쫑보다 싱싱한 사랑의 혓바닥으로
내 아득한 고모의 몸을 홀려냈을까?
당신은 왕겨빛 그리움이죠?
피어오르는 저녁연기—맞죠?

(2000)

자유

설악산 이내
되게 푸르스름한 날

시인 이성선이
생애의 벼랑에서
문득 뛰어내렸다

솔부엉이가
꽃도 피지 않은
깊은 나무 위에서
큰 눈을 떴다가
도로 감았다

(2001)

만장

— 이문구李文求 형주兄主

삼동三冬을 지난 마늘밭 마늘아

거름 냄새 풍기는 밭이랑 위에
삐친 눈썹 닮은 마늘 싹이
매운 꿈으로 자라는데
밭두렁 건너 저승에도

막걸리 술판이 한창이라는 듯

문뜩 떠나가는 미운 사람아

(2003)

이소시비유감耳笑詩碑有感

쌀새우만한 바람 한 점 없이
되게나 더운 날
금빛 브론즈 흉상이
하도 덤덤해 보여서
나는 눈으로 웃었다
임영조는 귀로 웃을까?

— 뭐요? 뭐요?
귀가 안 들려
늘 한쪽 손을
소라처럼 귀에 대던 시인
이승에서 못다 들은
강물 소리도

뱌비작뱌비작 물풀 소리도
이젠 잘 들리겠다

(2003)

대여입멸유감大餘入滅有感

1

염소웃음 웃는
이 세상에서 눈이 제일 쪼그만
대여大餘가 정말 눈을 감았네
그믐달보다 더 작은 눈으로
꽃의 성기性器를 훔치던 그대여

가출 일삼는 막무가내 못생긴
송편 같은 닷새 달이나
젖가슴만 봉그랗다고 애비에미 말 안 듣는
애물단지 열흘 달이나
숨 막힐 듯 요염한 보름달은
차마 못 보고

깜박 숨이 넘어간 그믐달처럼
전생에서부터 손가락 건 연인이
막 이승의 문에 들어섰는데도
그새를 참지 못하고
마지막 눈썹을 지웠네

2
향불 피우고 재배하며
홋홋하게 지내는
송별연이여
여직 많이도 남은
이별과 해후의 간지럼이 낙낙하네

조영서 류기봉 심언주가
포도 같은 눈알, 이슬 같은 포도,
은하수 바래며 베 짜는 베틀소리같이
하도 미워서

오원서吳遠西의 만장輓章이야
시품詩品에서 좀 벗어는 나서
저승의 문까지

검은 소 타고 가고나 싶네

(2004)

설니홍조雪泥鴻爪

지난 가을 어느 해거름
사백 살 먹은 느티나무 아래서
박달재표 막걸리를 마시고
좀 알딸딸해진 그대는
설늙은이 같은 얼굴을 하고
막돼먹은 시와
쥐뿔 같은 인생을 논했지만
치악산 그윽한 산그늘
원주중학교 2학년 2반
까까머리 마종하가
그대의 눈썹 사이 언뜻언뜻 비쳤네

간밤에 눈이 내려
온 천지가 눈부실 뿐인데
아무도 밟지 않은

숫눈 위에 난
기러기 발자국이여
그대가 살다간
적막한 세상에도
담상담상 발자국은 남겠지만
금세 사라지면 그뿐
우주의 원소로 다시 분해되는
헛된 육체여

한 줌 재 되어
한강에 뿌려진 그대는
기러기 눈빛으로 서해 바다 건너
지금쯤 연평도 물이랑에서
조기떼와 살갑게 놀고 있는가
너와 나 영영 헤어질 때는
이별의 짧은 시간이
꼭 있어야 되는데!
뜬금없는 이별 앞에서
종하야 종하야 종하야
그대 이름을 삼세번 부른다

(2009)

그냥 가네

— 경산絅山 정진규鄭鎭圭 형주兄主

석가헌夕佳軒을 떠나며 남겼을
— 나 그냥 가네
한마디 말씀 너무나 고요해
하늘도 귀를 모아 엿듣고
메뚜기와 여치도
더듬이 쫑긋대며 잘 살핀다
비단 옷을 홑옷으로 가리고
건너 건너온 한 생애
한줌 흙과 만나는 적막이
통곡보다 아프다
관棺마저 벗고 떠나는
영겁永劫 같은 시간
한가위 볕뉘가 따사롭다
— 나 그냥 가네
무심한 목소리
이냥 도렷하다
몸, 알, 율려律呂
두루 삼라森羅에 득달했거니!

이승 저승 다 해도
경산絅山만큼 절실한 시인
더는 없을라

(2017)

절명시絶命詩

이승훈이 세상 떠났다는 소식에
세브란스 장례식장으로 한달음에 달려갔다
문상을 하고
박의상과 소주를 주거니 받거니 했다
애도의 방식은
언어가 아니고 침묵이다

검은 상복을 입은
미망인이 말했다
— 그이가 숨 거둘 때
'이제 알겠어!'라고 하더군요
('알겠어' 다음의 느낌씨!는
극적 효과를 위해 내가 찍은 거다

마지막 숨 쉬며 한 말이니까

'알겠어' 다음에는

종종이…를 찍어야 될 테지만)

승훈이 마지막 말

— 이제 알겠어…

아아

비백飛白의 절명시絶命詩여

(2018)

큰 가슴과 작은 손

정한숙 선생

정한숙 선생은 1997년 추석 이튿날인 9월 17일 수요일 아침나절, 시냇물 징검다리 건너듯 이승을 떠나 저승으로 발걸음을 옮기셨다. 거짓말처럼 정말 아주 손쉽고 간단하게 혼탁한 세상을 버리고 영원한 강 건너 마을로 훌쩍 떠나신 것이다.

선생을 회상하면서 떠오르는 생각은 한둘이 아니지만 우선 절실한 것은 평소 그분의 성격대로 아주 확연하면서도 뒤끝이 없는 깨끗한 죽음의 방식을 스스로 실천하여 뒤에 남아있는 사람들에게 존재와 부재의 오묘한 섭리를 일깨워주었다는 것이다. 전혀 예기하지 않았던 선생의 죽음은 그러므로 앞으로 오랜 세월 늘 선생이 곁에 존재하는 듯한 마음가짐을 은연중 갖게 할 것이며, 삶과 죽음이 별다른 시간과 공간의 존재 방식이 아니라, 인간과 인간이 서로 지닐 수밖에 없는 운명적 해후의 드러남이라는 사실도 점점 새삼스러워질 것 같다.

9월 21일 일요일 아침 열 시, 문화예술진흥원 앞뜰에서 문인장으로 열린 영결식에서 예술원 회장 조병화 선생과 국제펜클럽 부회장 전숙희 선생의 추모사와 고려대학교 총장 홍일식 선생의 조사 속에 담긴 추모의 정도, 김남조 선생의 조시 속에 담긴 반백년의 우정과 애잔한 그리움도, 모두 정한숙 선생이 걸어온 전쟁과 궁핍의 시대였던 50년대와 60년대의 문학적 삶의 방식이 정한숙이라는 특정한 한 인간의 생애이면서도 그것이 곧 우리나라 문인이 감내해야 했던 가감할 수 없는 자화상이라는 인식의 바탕 위에서 우러나온 소중한 정서라고 생각된다.

정한숙 선생을 생각할 때마다 나는 평소에도 이상한 심리적 경험을 할 때가 많았다. 몇 십 년 전의 사소한 일도 바로 엊저녁의 일인 듯 과거와 현재가 부단히 뒤섞이며 언제나 아주 생생하게 마음의 한복판으로 뛰어 들어오곤 했기 때문이다. 나의 이러한 심리 상태가 그냥 단순하게 사제지간의 정 때문만이 아니라는 것은, 그분을 이야기하는 모든 사람들이 한결같이 가장 최근에 그분을 만난 듯 시제의 혼란을 스스로 눈치 채지 못하고 아득한 과거의 일을 바로 오늘의 일인 듯 인식하고 있는 것을 보면서 알 수 있었고, 그때마다 나는 참묘한 느낌이 들곤 했다.

정한숙 선생을 회상할 때 그의 문학과 인간에 대해서 분석적, 종합적으로 이야기하는 것은 지금 당장 나로서는 불가능하다. 평생 수많은 소설을 써오면서도 예술원 회장과 문예진흥원 원장을 역임하고 고려대학교 교수로 재직할 무렵에는 교무위원을 수 년 간 하면서 때로는 학생운동의 탁류 속에서 대학의 정신을 홀로 지키느라고 고군분투할 때 늘 곁에서 정서적으로 가장 가까운 거리에 있었던 사람이 바로 나였는지도 모른다. 그러나 정한숙 선생은 딱 잘라서 한두 마디로 규정하기 어려운 참으로 오묘한 위치에서 언제나 한 걸음 먼저 현실적 조건을 뛰어넘어 과거지향적인 사고가 금세 미래진보적으로 변용되고, 낭만적 사고와 냉철한 이성이 수시로 교차하는 것이었다.

1974년 2월 초순이었다. 나는 그때 대학원을 졸업하고 육군사관학교 교수부에서 육군 대위로 복무하고 있었는데 지금의 S대학에서 연락이 와서 이력서를 써가지고 갔다.

시간강사로 현대시론이나 현대소설론 같은 전공과목의 강의를 하기 위해서였는데, 내 이력서를 본 그 대학 교무처장이 아예 이번 기회에 전임교수로 와달라는 뜻밖의 부탁을 하는 것이었다. 나는 아직 7개월 후에나 제대할 수 있다고 했다. 그래도 비공식적으로라도 꼭 전임으로 와달라는 것이었다. 지금도 그렇지만 그 당시에도 대학의 전임교수가 된다는 게 무척 어려운 일이었다. 그야말로 뜻밖의 제의를 받은 그날 저녁 술을 한 잔 마시고 귀가하는 도중에 삼선교 선생님 댁에 들렀다. 그때 선생님은 고려대 축구부의 일본 원정경기 인솔단장으로 일본에 가시고 부재중이었지만 사모님께 갑작스럽고도 기쁜 소식을 전해드리기 위해서였다. 나는 그때 사모님께 지도교수가 이 중요한 때에 제자 옆에 안 계시니까 난감하다는 말씀을 드렸다.

지도교수 추천서가 필요하지만 지도교수가 안 계시면 다른 분의 추천서도 무방하다는 그 대학 교무처장의 말을 이미 들었지만, 그냥 가벼운 푸념 삼아 지도교수가 안 계시니 낭패라는 말씀을 드리고 술을 얻어 마시고 늦게 돌아왔다.

이튿날 아침 열 시쯤 되었을까. 정한숙 선생한테서 뜻밖에 전화가 왔다. 일본에서 국제전화를 한 줄 알고, 선생님 대신 다른 교수의 추천서를 받겠노라고 말씀드렸다. 그런데 선생은 오늘 아침에 귀국을 했다며 오전 중에 학교로 오라고 했다. 나는 정말 놀랐다. 귀국 예정일이 아직 며칠 남아 있던 선생은 어젯밤 집으로 전화를 했는데 내가 다녀갔다는 말을 듣고는 바로 아침 일찍 비행기를 타고 귀국했다는 것이다.

"네 말대로 중요한 때에 지도교수가 없으면 안 되지."

선생님은 껄껄 웃으셨다. 나는 그 순간 참으로 이상한 마음의 떨림을 느꼈다. 그때는 외국에 나가기가 하늘에 별 따기처럼 어려워서 무슨 핑계로 한번 나가기만 하면 하루라도 더 있으면서 이것저것 물건을 사고 관광을 하는 것이 모든 사람들의 상식이었는데, 선생님은 그런 것 다 그만두고 추천서를 직접 써주기 위해서 한걸음에 달려온 것이었다.

나는 그해 3월부터 S대학 전임교수가 되었다. 그 후 언젠가 월간문학 편집실에서 소설가 이문구와 조정래에게 이런 말을 했더니, 정말 부럽다는 말을 하면서 고려대학교의 참모습을 이제야 이해하게 됐다고 했다.

정한숙 선생은 낭만적 사고가 늘 앞서는 멋쟁이이면서도 한편으로는 소위 평안도 기질이랄 수 있는 야성이 있었고, 또 직감으로 사물의 정체를 간파하는 예리한 분석력이 돋보였다. 선생이 전광용, 정한모, 전영경 선생과 젊은 시절에 만들었던 '주막' 동인의 면면을 보면 이분들이 단순한 시인과 소설가가 지니는 낭만파적인 술꾼만이 아니라, 대학과 문단에서 지도력을 발휘하여 수많은 제자들을 육성한 대단한 교육 행정가라는 사실을 한눈에 알 수 있다. 하지만 이분들은 문단과 대학에서 손꼽히는 술꾼들이었고 나는 대학원 다닐 때부터 선생과 함께 '낭만'에 다니며 가까이에서 이분들을 모시는 일이 많았다.

낭만적이라기보다는 오히려 무모함이라고 해야 더 맞을 듯한 이와 같은 문학적 기질은 식민시대와 분단시대를 지나면서 전쟁과 이별과 궁핍을 견뎌내면서 견지해온 열정과 우정에 의한 것인지도 모른다. 정상적인 사고와 분별력으로는 도저히 이룰 수 없는 현실 돌파의 강인한 정신은 무모하다 싶을 만큼 초월적이기도 했다.

내가 1970년 석사논문으로 쓴 '정지용론'은 정지용의 작품이 해금되기 이전인 당시 상황으로서는 무척이나 무모한 발상이었지만 지도교수인 정한숙 선생에게 '정지용론'을 쓰겠다고 했더니 "좋지. 한번 해봐." 딱 한마디뿐이었다. 혹시 '정지용론'을 다루었다가 문제라도 생기면 지도교수도 난처해지겠지만 선생은 그러한 현실적인 문제는 아예 도외시했다. 최초로 '정지용론'을 학위논문으로 쓴 긍지도 사실상 지도교수의 무모한 인생관이 없었더라면 이루어질 수 없었을 것이다.

나의 아내가 서울대 대학원 국문과에 진학하여 전광용, 정한모 선생한테 강의를 들었기 때문에 이분들과는 안팎으로 사제지간이 되었으며, 주말이면 '낭만'에서도 자주 뵙게 되었다. 그때 아내는 대학원 석사과정에서 학점을 다 이수하고 아이를 키운 다음 논문을 내려고 휴학을 하게 되었다. 그러나 몇 년 후 학교에 등록을 하려고 하니까 휴학을 너무 많이

해서 이미 제적된 것이 아닌가. 정말 난감한 일이 아닐 수 없었다.

방법은 다시 입학시험을 보는 수밖에 없다는 것이었다. 아내에게 이 말을 듣고 나는 정한숙 선생과 의논을 했다. 정한숙 선생이 급히 연락해서 '낭만'에서 전광용, 정한모, 정병욱, 장덕순 선생과 만났다. 서울대 대학원 국문과 강의를 전담하고 있던 그분들은 정 선생과 모두 절친한 친구들이었다. 나는 그때 이렇게 말씀드렸다.

"제 아내가 다시 입학시험을 치르고 대학원에 들어가면 네 학기 등록금은 다시 내야 하겠지만, 그 대신 몇 년 전에 선생님들께서 주셨던 과목의 학점을 몽땅 그때 그 성적대로 주십시오. 강의 시간 출석이나 리포트 제출도 다 면제해주시고요."

내 말을 들은 그분들은 껄껄 웃었다.

"말이 되는 것도 같고 안 되는 것 같기도 하군."

어느 한 분이 이렇게 말하자 정한숙 선생이 한마디 했다.

"말이 안 되긴 뭐가 안 돼?"

이 말 한마디로 내 제안대로 하기로 되었다. 지금의 잣대로 본다면 완전 불법 탈법이어서 언어도단이 된다. 그때 이야기를 하면 사람들은 곧이들으려고 하지 않는다. 서울대학 그 양반들이 얼마나 무섭고 까다로운 분들인데 그럴 리가 없다는 것이었다. 물론 그 네 분 선생님들은 그후 약속을 지켰다. 아내는 2년 후에 '신석초론'으로 석사학위를 받았다. 등록금을 두 곱으로 내고 졸업을 했으니 본전 생각도 났고 이제 집의 아이들도 유치원 다닐 정도가 되었으니, 아내가 가진 자질을 그냥 주저앉히기도 아까웠다. 그래서 이번에는 또 무모한 제안을 아내에게 했다.

"박사과정 시험 쳐봐."

아마도 나의 이러한 발상도 모두 정한숙 선생이 곁에 계시면서 늘 '네 마음먹은 대로 해. 그게 정도야.' 했기 때문일 것이다. 그러므로 학문적 방법이라든가 인생을 살아가는 지혜를 딱히 구체적으로 배웠다기보다는, 선생님은 내가 생각하는 대로 하는 것이 최선이라고 확신하면 꼭 실현된다는 자신감을 심어주신 셈이다. 그리고 이러한 과정에서 현실적 요소와 충돌하는 수도 많았고 이웃과 상충되는 일도 많았지만 선생이 지닌 고집과 좌고우면하지 않는 돌파력은 남이 흉내 낼 수 없는 인간적 매력의 원동력이 되기도 했다.

그는 제자들을 피붙이처럼 사랑하고 또 피붙이처럼 야단치곤 했다. 피붙이처럼 야단치는 것을 견디지 못하고 떠난 제자들도 있었지만 그들이 어려움에 처하면 꼭 앞장서서 도와주었다.

「전황당인보기田黃堂印譜記」와 「금당벽화金堂壁畵」, 「고가古家」,

「금어金魚」 등은 정통적인 기법으로 이루어낸 단편소설의 귀감이 되는 작품들인데, 예리한 묘사와 심리 분석은 호탕한 선생의 솜씨라고는 믿을 수 없을 만큼 섬세하고 여성적이기조차 하다.

"한복을 입히고 가발을 씌우면 영락없는 여자야. 얼마나 예뻤다고."

빈소에서 조경희 선생이 이렇게 말씀하시는 것을 들으면서 나는 문득 선생의 단편소설이 지니고 있는 섬세한 기법을 떠올리게 되었다. 선생은 도량이 넓은 큰 가슴과 섬세한 예술을 빚는 작은 손을 지닌 소설가였다.

선생님이 별세하셨다는 소식을 조병화 선생과 김남조 선생에게 전화로 알릴 때나, 또 영결식장에서 조시를 읽으면서 목이 메었던 것은 '정한숙의 문학과 인간'의 한쪽 면 즉 '인간'에 더 치우쳐서인 것이 분명하다. 선생은 너무도 인간적이었다. 너무 인간적이어서 때로는 남에게 오해를 샀고, 또 너무 인간적이어서 작품 생산에만 몰두하는 비정한 작가 정신이 흐려질 때도 있었는지 모른다.

이제 한국 문단은 한 사람의 '사람'을 잃었다. 이데올로기의 최대 피해자이면서도 떠나온 영변을 그리워하며 문학이 이데올로기의 종속이 되어서는 안 된다는 말씀을 자주 하던 선생은 이제 분단의 비극도, 시기 질투도, 장난질도 없는 적막의 저승으로 단잠을 자다가 훌쩍 건너갔다.

영결식에서 나는 조시 「우리 선생님」을 읽었다. 아니, 읽지 못하고 그냥 울었다. 목이 메고 눈물이 앞을 가려 조시를 제대로 읽지도 못한 못난이 제자였다. 아아.

선생님 앞에 서면
과거가 현재가 되고
또 미래가 되는
이 기막힌 문법의 까닭을
아직도 잘 모르겠습니다

여기는 지금
1965년 여름 계룡산 갑사 뜨락입니다
그때 베레모 쓰고 담배 피우던 선생님은
저에게 이렇게 말씀하셨지요?
— 야, 임마, 한번 피워볼래?
선생님의 침이 묻은 파이프를 건네받아서
빠끔빠끔 담배를 피우다가
저는 심한 기침을 했었습니다

이제 또 여기는

1969년 2월

흰 눈이 쏟아지는 고려대학교 캠퍼스

대학원 국문과 입학시험에 합격한 날

우연히 저를 보신 선생님은

— 야, 임마, 합격 축하 술 사줄 테니 따라와

선생님은 '낭만'으로 저를 데리고 가셔서

예쁜 저의 코가 미워지도록

맥주를 사주셨습니다

선생님이 아무렇지도 않은 듯

그 자리에 그냥 앉아서

그냥저냥 말씀하시던

시간과 공간이 너무 절실하니까

너무너무 생생하니까

선생님의 발자국 선명한

'이제' '여기' '또' '또'는 너무 많으니까!

허지만

이제 정말 여기는

1997년 9월 21일

선생님이 이승을 떠나시는

한가위가 막 지난 가을 아침

— 야, 임마, 울지 마 울지 마

　나는 지금 내 고향으로

　어머님의 품속으로 떠나는 거야

선생님은 항상 현재입니다

현재진행형입니다

선생님의 목소리처럼

정말정말 맑고 푸른 하늘입니다

우리 선생님!

늘 곁에 있는 듯 과거가 현재가 되고 또 미래가 되는 정한숙 선생의 인간적인 면모는 많은 사람들의 가슴속에 오래오래 남아 있을 것이다. 수많은 문인과 제자들이 바친 한 송이 흰 국화의 향기 속에서 영면하소서. 보고 싶은 잠꾸러기 선생님!

(『문학사상』, 1997)

봄나들이

김종길 선생

지난 4월 1일 토요일 아침나절, 원서헌에서 텃밭을 정리하고 있을 때였다. 선생의 둘째 아들이 전화를 했다. 며칠 전에 사모님이 돌아가셔서 조문을 다녀온 나는 그에게 어머님의 장례는 잘 모셨느냐고 인사말을 먼저 했다. 그러자 그는 울먹이면서 아버님께서 운명하셨다고 했다. 청천벽력이었다. 선생의 부음을 처음 들은 그 순간 왜 이런 고리타분한 이미지가 떠오른 것일까. 맑은 하늘에 날벼락이라니. 한동안 아무 생각도 나지 않은 채 나는 멍하니 하늘을 올려다보았다. 하늘이 온통 뿌옇게 흐려져 있었다.

열흘 전에 사모님이 돌아가셔서 고려대병원 장례식장으로 조문을 갔을 때 선생을 뵙고 온 나로서는 정말 놀랐다. 그날 선생은 아내를 잃은 슬픔은 뒤로 하고 평소처럼 담담하게 그

간의 이야기를 하셨다. 그 자리에는 선생의 사위들도 있었다. 선생은 평소처럼 정정하신 모습 그대로였지만 어딘지 허허로워 보였다. 사모님도 연세가 높으시니까 흔히 말하는 호상임에는 틀림이 없겠지만 그래도 다들 나지막한 슬픔에 젖은 채 차를 마시면서 이런저런 이야기를 적막한 분위기 속에서 나누었다. 나는 물론 선생 가족의 일원은 아니었지만 대학생 때부터 선생 댁을 자주 찾아다니며 사모님을 뵈었기 때문에 유족들이 나누는 적막한 슬픔을 다는 아니지만 어느 정도는 공유할 수가 있었다. 선생의 두 아들과 며느리도 대학교수이고 사위 셋도 다 대학교수이다. 신문에 난 사모님 부고를 본 조문객들은 새삼 선생의 성공적인 자식농사에 놀라움을 금치 못하는 눈치였다. 평소에 자식 자랑을 하지 않는 선생이므로 사람들은 선생 가문이 지닌 이러한 휘황한 가세를 다 알지 못했을 것이다.

선생의 부음을 듣고 나자 일손이 통 잡히지 않았다. 그날 일을 대충 마무리하고 나는 이튿날 일요일 아침 일찍 서울로 출발하였다. 선생과 나눈 이런저런 대화와 그 배경이 되는 풍경이 주마등처럼 스쳐갔다. 미당 서정주 선생이나 초정 김상옥 선생 그리고 대여 김춘수 선생도 사모님이 세상을 떠나고 나서 얼마 지나지 않아 뒤따라 운명하셨는데, 김종길 선생도 사모님을 따라 불과 열흘 만에 돌아가셨다는 사실이 참 신비롭고 희한하다는 생각이 제천에서 동서울터미널까지 버스를 타고 오는 동안 내내 들었다.

서울에 도착하여 부랴부랴 조문을 갔다. 유족들은 다 경황이 없어 보였다. 열흘 만에 또 큰일을 당했으니 그 마음이 오죽하랴 싶었다. 선생의 영안실은 열흘 전 사모님의 영정이 놓였던 자리 바로 거기였다. 고려대 병원 3층 장례식장. 나는 국화 한 송이를 바치고 향불을 피우고 재배하였다. 흑백으로 된 선생의 영정이 나를 물끄러미 바라보았다. 나는 한참 동안 선생의 영정을 마주하였다. 이승과 저승의 거리가 너무 가까웠다.

내가 선생을 처음 만난 것은 1960년대 초였다. 선생은 바로 몇 해 전에 영국 셰필드 대학에 가서 윌리엄 엠프슨 교수를 만나 함께 영시를 연구하고 귀국한, 명성이 자자한 꿈같은 존재였다. 내가 감히 다가갈 수 없는 고려대 영문과 교수진의 대표적인 브랜드 역할을 은연중 하는 분이었다. 나는 정신상태가 망가질 대로 망가진 스무 살 된 불량 학생이었다. 나에게는 대학을 제대로 마칠 수 있을지 어떨지 아무런 확신도 없었다. 하긴 또 대학을 올바르게 다닐 생각조차 애당초 없었다. 나를 둘러싸고 있는 세상만사가 다 뒤틀리고 비비 꼬여서 더 이상 어찌 해볼 수가 없다고 굳게 믿으면서 온갖 허황된 생각에 빠져 있었다.

그도 그럴 것이 그 전해에 고교 3학년 2학기를 중간쯤 다니다가 자퇴했는데 학교에서 우편으로 보내준 졸업장을 받았으니 명목상으로만 학교를 졸업한 셈이었다. 그후 대학 진학은 아예 생각하지도 않은 채 역전 술집 골목으로 쏘다니다가 뒤늦게 이상한 인연으로 대학에 입학하게 된 나는 모든 사물이 나를 적대시한다고 믿고 있었다. 이 당시의 얼굴 뜨거운 이야기는 이미 몇 차례 다른 글에서 토로한 바 있다. 대학에 입학하자 곧바로 입영영장이 나왔지만 나는 입영하지 않고 무시해버렸다. 제 애비한테 학비 받고 공부한 너희들이나 가라. 내가 뭣 때문에 군대에 가느냐. 나는 지킬 땅도 집도 없으니까 군대에 가지 않는다. 이런 무정부주의자의 몰지각한 생각에 푹 빠진 나였다. 그래서 나는 징집되어 병역을 마치고 나온 이들이 나중에 반체제니 뭐니 하는 걸 보면서 내가 그들보다 반국가적인 반골이라는 점에서는 한 수 위라는 냉소적인 자부심 또한 은밀히 지니고 있었다. 그후 우여곡절 끝에 대학원을 마치고 육사 교관으로 입대하여 육군 대위가 되는 과정은 한 편의 SF드라마같이 엉뚱하고도 눈물겨운, 그래서 지울 수 없는 나의 자화상이 돼버렸다.

2학년이 되면서 고대신문사에 견습기자로 들어갔는데, 원고지에 쓴 기사가 금방 활자화되는 신문 제작 과정이 너무 신기해 보였다. 안으로만 움츠렸던 내성적인 성격이 차츰 활달해지면서 나를 둘러싼 환경을 긍정적으로 보는 태도가 싹트기 시작했다. 도저히 적응하지 못할 것 같았던 대학 생활에도 적응하기 시작하였다. 학생기자 노릇을 하면서 시도 부지런히 썼다.

선생의 첫 인상은 무섭고 무뚝뚝해 보였다. 20세기 영미시 강의실은 선생의 인상만큼이나 한 치의 빈틈도 없이 엄숙하고도 어려웠다. 그 당시에는 휴강이 많았지만 선생은 언제나 시간을 꽉 채웠다. 학생들이 모두들 선생을 어려워하고 멀리했지만 나는 달랐다. 고대신문에 실린 내 시를 선생이 읽고 촌평을 해준 일이 있는데 나는 그걸 핑계 삼아서 선생에게 아주 가까이 다가갔다. 그 당시 선생은 1년에 한두 편의 시를 발표하는 과작의 시인이었고, 시론과 시평을 자주 발표하는 비평가로 더 알려져 있었다. 문단 정치를 하는 문인들을 도외시할 뿐만 아니라 문단의 이모저모에는 늘 부정적인 말씀을 하셨다. 보학에도 밝은 선생은 누구는 누구 자손이라서 행실이 반듯하고 또 누구는 못된 조상의 피를 받아서 사이비 근성을 못 버린다는 말씀도 자주 하였다. 다만 청마나 지훈이나 목월에 대해서만은 언제나 친근한 정을 나타내었다. 언젠가 내가 청마는 연애쟁이 아니냐고 하자 선생은 그저 빙그레 웃기만 했다. 최고의 시인으로는 지용과 미당을 꼽으셨다. 내가 대학원 석사논문 테마로 지용시를 정했다고 말씀드리자 선생은 싱긋 웃으시면서 고개를 끄덕였다.

이따금 나는 습작시를 선생에게 보여드리기도 하고 선생이 1965년 시론집 『시론』을 낼 때는 원고 정리를 맡아서 했다. 신문 잡지에 발표했던 글을 일일이 원고지에 만년필로 옮겨 적는 작업이었다. 성가시고 힘든 일이었지만 나는 작업을 하는 동안 선생이 쓴 영시에 대한 비평과 한국 현대시에 관한 비평을 완전무결하게 통독하게 된 것이었고, 지금 생각하면 아마도 거의 다 이해하려고 분투노력했다고도 할 수 있다. 그 책이 나왔을 때 선생은 '吳鐸藩 君에게'라고 손수 쓰고 서명해서 나에게 주었다. 그 무렵부터 선생 댁에 더 자주 드나들었다. 당시 선생의 큰딸은 중학생이었고 그 밑의 아들과 딸은 초등학교에 다니고 있었다. 선생과 함께 담배도 피우고 술도 마셨다. 나는 고2 때 담임선생한테서 담배를 처음 배운 이래 언제나 어른 앞에서도 맞담배를 스스럼없이 피웠다. 선생은 나의 이러한 버릇없는 태도를 고까워하지 않고 늘 느긋하게 봐주었다. 담배가 떨어지면 선생 연구실로 담배 한두 개비 얻으러 가는 날도 있었는데 지금 생각하면 젊은 시절의 철없는 내 모습이 참 우습기도 하고 그리워지기도 한다.

처음 고백하는 말인데, 아마도 나는 대학 시절에 김종길 선생을 만나지 않았더라면 영문과를 중퇴해버렸을 것이다. 엘리엇이나 예이츠나 딜런 토머스의 시 작품도 사실은 선생을 통하여 이해하였기 때문에 그나마 그들 작품이 지닌 야릇한 맛을 알게 되었을 것이다. 다른 이가 번역하고 해설해놓은 것을 볼 때면 시와는 동떨어진 토막글에 불과하다는 생각을 지울 수 없었다. 당시의 영문과 강의실 풍경은 그야말로 꼴불견이었다. 영문과의 강의 과목이 다 엉터리라는 생각을 학생 때는 미처 못 하고 그냥 기가 죽었지만 그 후 생각해보니 커리큘럼 자체가 말도 안 되는 것들로 채워져 있었다. 국민소득이 1백 달러가 안 되는 극빈의 나라 가난한 영문과 학생들에게 다짜고짜 영국 대학생한테도 난해한 셰익스피어의 비극과 초서의 캔터베리 이야기를 중세영어로 가르치고 고등영문법을 교수 혼자서만 신나게 강의하는 이 어처구니없는 대학 교육이 누구의 규제도 받지 않고 이루어지고 있었던 것이다. 열 몇 살짜리 햄릿이 '사느냐 죽느냐, 그것이 문제로다'라고 독백한다고? 허리 꼬부라진 늙정이처럼 독백한다고? 이따위 강의를 듣고 졸업을 했으니까 영문과를 나온 이들이 문학에는 아예 눈멀고 허접스러운 글쟁이가 되는 일이 비일비재한 것은 아닐까. '살까 말까, 엥 쫙 팔리네'나 '기야 아니야, 진짜 돌아버리겠네' 정도로나마 번역을 해야만 문학적인 개그맨 셰익스피어의 능글맞고 곡진한 시 정신이 얼마는 살아나는 것이 아니었을까. 이따위로 문학을 가르치는 교수들이 판을 치고 입만 열면 조선을 이조라 하고 명성황후를

민비라고 가르치는 식민사관에 빠진 제국대학 출신의 교수들 천지였으니 대학의 문학과 역사교육이 제대로 됐을 리가 없는 것이었다.

나는 선생을 만나면서 현대시에 대한 안목을 바르게 할 수 있었다. 강의실에서뿐만이 아니라 선생과 개인적인 만남을 자주 가지면서 진짜 시의 정수를 알아가고 있었는지도 모른다. 시 작품의 비의를 정확무비하게 꿰뚫어 보는 비평가를 꼽으라면 언제나 주저 없이 선생을 든다. 옆 사람이 주눅들 정도로 언제나 시 작품이 숨기고 있는 오묘한 비밀, 그 작품을 쓴 시인마저도 의식하지 못하고 있는 시적 의미를 정확한 유추와 직감으로 밝혀내곤 하였다. 내가 선생의 글을 통하여 이해하고 공감하는 것은 비단 현대시뿐만이 아니었다. 영시, 한시, 시조에 대하여 선생이 하시는 말씀은 그대로 문학의 위의가 되고 품격이 되는 것이었다. 시 분석의 통찰력은 현대문학사가 시작된 이래 선생과 견줄 자가 없다. 최재서나 김기림도 아니다. 아무 아무개 씨나 모모 교수가 그 뒤쯤 어디에 있을까. 솔직히 말해서 나는 선생이 지닌 유교적 가치관이나 강식함에 불편을 느낄 때도 많았다. 선생이 천성적으로 현대시의 비의를 재는 저울눈을 지니고 있다는 사실을 언제나 부러워하였다. 언젠가는 그 저울을 내가 차지할 날이 올지 모른다는 생각도 남몰래 가슴 속에 지니고 있었다.

선생은 시의 윤율과 어조는 물론 작품 안에 숨어 있는 원형적 심상까지 섬세한 저울로 달아 올리며 미세한 눈금으로 시를 분석하였다. 미당의 「견우의 노래」를 읽는 독법을 따라가보면 시를 읽는 가장 모범적인 방법을 한눈에 볼 수 있다.

"눈썹 같은 반달이 중천에 걸리는/ 칠월 칠석이 돌아오기까지는,// 검은 암소를 나는 먹이고/ 직녀여, 그대는 비단을 짜ㅎ세."라는 시를 읽는 선생의 눈금은 정말 미세하다. 즉 '검은 암소'를 노자의 도덕경에 나오는 불멸의 생명이요 천지의 근본인 현빈玄牝(검은 암컷)의 원형적 이미지라고 간파하면서 견우와 직녀 전설의 신화적 맥락 속에서 견우가 먹일 소로는 소 가운데서 가장 아름답고도 신비로운 검은 암소가 가장 어울리는 것이라고 말한다. '검은 암소'를 선택한 것도 시인이 의식해서가 아니라 무의식으로 이루어진 것이라는 해석은 선생만이 지닌 탁월한 시 읽기의 한 전형이 되는 것이다. 언뜻 보아 아무렇지도 않게 보이는 '검은 암소' 한 마리가, 날카롭게 원형적 심상으로 그 실체를 해부당하자마자 이 작품의 가장 지배적인 요소로 떠오르는 것이다. 견우가 먹이는 암소가 천지창조의 모성적 심상으로 살아나 그 빛나는 검정 털을 달빛 아래 반짝이고 있지 않은가. 시인의 타고난 시재를 알아보고 그것을 섬세하게 분석하여 실체를 밝혀내는 선생의 녹슬지 않은 시의 저울은 너무도 정확무비하여 그 크기와 섬세함을 헤아릴 길이 없다.

가난했던 대학 시절 선생의 영시 강의 시간은 과연 문학으로 내 인생의 뜻을 세우느냐 마느냐 하는 기로에 선 나를 아주 혹독하게 시인의 길로 나서게 해준 원천적인 힘이 되었다. 그리고 나의 시재가 선생의 기대를 간신히 채운 것은 대학 3학년이던 1967년 중앙일보 신춘문예에 시가 당선되고부터였다.

1966년 신춘문예 응모 철이 됐을 때였다. 마감은 대부분 11월 말경이었는데 중앙일보만이 창간된 지 1년밖에 안 돼서 그랬는지 다른 신문보다 한 열흘 정도 늦었다. 12월 10일인가 그랬다. 나는 그 전해 신춘문예에서 시는 최종까지 갔다가 낙선하고 뜻밖에 동아일보에 동화가 당선된 적이 있었다. 그 후 소설 습작에 전력을 기울이고 있었다. 스스로 시는 웬만큼 쓴다는 자부심이 있었지만 세상이 몰라보는 시는 그만 작파해버리고 내가 처한 극빈의 현실을 서사문학의 음험한 구조로 재생하기 위하여 소설 창작에 매진하였다. 신춘문예 응모철이 다가오자 나는 소설을 네댓 편 만들어서 신문사마다 일찌감치 투고하였다. 소설을 모조리 석권한다는 달콤한 상상을 하면서 한숨 돌리고 있는데, 웬걸, 가슴 속에서 이상한 것이 자꾸만 꼼지락거리는 걸 느꼈다. '너, 날 영영 버릴래?' 이런 소리가 들리는 것 같았다. 바로 시의 소리였다.

소년 시절부터 벗삼아온 다정한 친구의 목소리였다. 그래. 좋다. 이번이 마지막이다. 나는 며칠 사이에 시 세 편을 썼다. 1년도 넘게 절교했던 애인에게 마지막 편지를 쓰듯 그렇게 썼다. 기대했던 소설은 다 낙선하고 시 「순은이 빛나는 이 아침에」가 1967년 중앙일보 신춘문예에 당선하였다.

응모할 때는 작품마다 다 가명을 썼다. 최종심을 하면서 원고지에 '고대신문'이라는 마크가 찍혀 있는 걸 보고 선생이 한마디 하셨단다. 아무래도 고대 영문과 오 아무개 작품 같은데 우리 대학을 다니는 학생을 당선시킬 수는 없지 않은가 하셨단다. 그러니까 박남수 선생이, 작품만 좋으면 됐지 그게 무슨 문제냐, 하셨단다. 선생께서 늘 공개하는 비화다. 아마도 내 상상으로는, 선생의 말을 들은 조지훈 선생은 그저 빙그레 웃으셨을 것 같다.

재작년 세밑 한국시인협회 회식 자리에서도 선생은 또 그 비화를 들려주셨다. 스무 번도 넘게 들은 이야기였다. 나는 짐짓 웃으면서 옆자리의 시인에게 이렇게 속삭였다. '어휴! 하마터면 낙선할 뻔했네!' 나는 선생이 그 비화를 말씀하실 때마다 앞으로도 나의 등단 뒷이야기를 열 번 스무 번도 넘게 또 하시길 바라고 있었는데! 그 말씀 들으면서 나는, '어휴! 하마터면 시인 못 될 뻔했네!' 하고 가슴을 또 쓸어내리는 척하면서, 가난했지만 선생이 계셔서 행복했던 젊은 시절로 돌아가고 싶었는데, 이제 선생은 저 멀리 무심히 떠나버렸다.

선생과 함께한 추억의 사진첩에서 또 한 장면이 문득 떠오른다. 내가 대학원 국문과에 다닐 때였다. 학교 근처 선생 댁 가까이에 방을 하나 얻어 자취를 할 때였는데, 선생은 시내에서 저녁 모임을 끝내고 돌아오면서 내 방 창문을 두드려서 나를 불러내는 일도 있었다. 그렇게 엄한 교수가 제자 자취방 창문을 두드렸다고? 내 친구들은 믿지 않았지만 사실이었다. 그런 날엔 함께 선생 댁으로 가서 늦도록 술을 마시며 선생한테서 동서고금을 넘나드는 문학 이야기를 들었다. 선생의 말씀은 종횡무진 그 자체였다. 같은 이야기를 몇 번이고 다시 들을 때마다 나는 마치 처음 듣는 듯한 태도로 '그래서요?' 하면서 장단을 맞추기도 했다. 그럴 때면 사모님이 술과 안주를 더 내오셨다. 특히 영시와 한시를 암송할 때 선생의 표정은 아주 천진해 보였고 당신의 탁월한 기억력에 스스로 만족하는 듯했다.

조문을 다녀온 이튿날 나는 청계천 8가 황학교 앞 서울 나의 처소에서 오로지 선생을 생각하며 하루를 보냈다. 생각이 끊어지면 밖으로 나가서 청계천을 따라 거닐며 물결 따라 노니는 잉어와 붕어 그리고 헤엄치는 물오리 떼를 한나절이나 구경하였다. 꽃은 꽃대로 풀은 풀대로 저마다 구석구석 봄날의 기운이 넘쳐나고 있었다. 밤이 돼서야 시 한 편을 쓰기 시작하였다. 장례를 간소하게 치르라는 선생의 말씀에 따라 모든 공적인 장례의식은 다 생략하기로 했는데 시인협회 집행부와 유족이 의논하더니 나에게 조시를 쓰라고 했기 때문이었다. 나는 선생과 이별하면서 의젓하게 조시를 쓰기에는 선생과의 거리가 인간적으로나 문학적으로나 너무 가깝다는 생각이 안 드는 건 아니었다.

4월 4일 화요일, 발인을 끝내고 선생을 모신 영구차가 봄을 헤치며 마석 모란공원묘지를 향하여 천천히 달려갔다. 차창 밖으로 펼쳐지는 봄날의 풍경이 화사하면서도 적막하였다. 그날이 마침 청명절이었다. 천지사방에 봄꽃이 만발한 화창한 날이었다. 조상의 묘소를 돌보는 날, 하늘이 차츰 맑아진다는 청명절 아침, 선생을 보내는 마지막 하관의 자리에서 나는 「봄나들이」를 읽어드렸다.

정유년丁酉年 3월 초닷새
2017년 4월 1일 아침
아흔을 넘기고도 정정하신 당신은
정말 거짓말처럼 홀연히 떠나셨습니다
사모님 가신 지 꼭 열흘 만에
봄나들이 가듯

저 아득한 하늘로 날아가셨습니다

북망산천北邙山川에도 북한산 기슭처럼

개나리 진달래 산수유꽃이 활짝 피어

가녀린 손 흔들고 있습니까

미당未堂과 초정艸丁과 대여大餘도

사모님 따라 얼마 후에 돌아가셨는데

오호嗚呼라 당신들의 죽음의 방식이

참 오묘한 우주적宇宙的 상징象徵입니다

저승의 잠을 자는 베개맡에는

속손톱 같은 초승달 너머

학이 흰 날개로 수묵화水墨畵를 치며 날아가고

병아리떼 종종종 봄나들이 한창입니다

이백李白과 두보杜甫와 연암燕巖과 매천梅泉

육사陸史와 청마靑馬와 지훈芝薰과 목월木月

엘리엇과 예이츠와 딜런 토머스

영롱한 시의 알속을

섬세한 저울눈으로 재며

동서고금東西古今을 넘나들던 말씀 이냥 또렷하고

시인들의 모임에 나오셔서

시의 위의威儀를 일러주시던 말씀도

당신을 보내는 지금 더욱 절절합니다

이제 우리나라 시단의 높은 봉우리가
텅 비었습니다
나이를 먹을수록
해가 저무는 줄도 모르고
조개껍질이나 줍는
어린아이 같다는 당신의 말씀대로
봄나들이 가듯 훌쩍 떠나
시간 가는 줄도 모르고 꽃구경 하는
선생님 우리 선생님
당신 없는 세상은
적막강산입니다

내 나이도 있고 하니, 또 선생께서 평생 꼿꼿한 선비의 인격으로 문학의 위의를 가르치고 시인으로서의 높은 자리에 올라 아흔을 다 넘기고 돌아가셨으니 극락왕생이 분명할 터인즉, 조시를 읽으면서 아이들이나 흘리는 눈물 같은 것은 절대 흘리지 않으리라고 나는 생각했었다. 아니, 그런데 맙소사. 시를 읽어나가면서 나도 모르게 차츰 눈시울이 젖고 목이 메었다. 아하, 너 정말, 선생님을 참 좋아했구나. 나는 스스로를 달래며 눈물을 겨우 훔쳤다. 선생님. 우리 선생님.

(『현대문학』, 2018)

현대시 동인

1

원고청탁서에 나와 있는 '회고담'이라는 말을 보고는 처음에는 웬 회고담?이라는 생각이 먼저 들었다. 그러나 이어 생각해보니 내가 현대시 동인으로 처음 참여한 1968년은 벌써 반세기 전의 일이 아닌가. 기억도 가물가물하고 동인회에 관한 자세한 자료도 나에게는 없지만 다 지워진 옛 기억을 되살려서 내 나름의 회고를 해보는 것도 썩 안 좋은 일은 아닌 것 같다. 사실 또렷또렷한 기억은 그냥 기억에 머물지만 희미한 기억은 곧잘 추억이 되니까 말이다. 추억이란 늘 왜곡과 과장을 수반하는 수사법의 영원한 소재가 된다.

인터넷으로 검색을 해봤더니 '현대시 동인'에 대한 수많은 평론과 최라영의 학위논문을 비롯한 논문들도 꽤 있다. 특히 주목할 것은 2008년 '대산문화'에 이건청이 「열정과 긍지 속에 눈 시리던 시간들」이라는 제목으로 쓴 '현대시 동인'의 발족과 전개 과정에 대한 글이다. 60년대의 어지러운 사회 현실과 맞물려서 시의 언어가 현실적인 구호로 타락하는 것을 지양하고 시가 본태적으로 지닌 언어의 미학을 중시하는 시인들이 모인 '현대시 동인'의 정신적 지주는 박남수와 박목월이었다. 초기에는 한국시인협회의 기관지 성격이 강한 일종의 준동인지였다가 허만하, 김규태, 이유경, 김영태, 주문돈, 정진규, 이수익, 박의상, 이승훈, 이해녕으로 동인의 규모가 정리되었고 그 후 마종하와 오탁번 그리고 오세영과 이건청이 동인으로 합류하면서 오늘날 우리가 말하는 '현대시 동인'으로 정착된 게 사실이다.

몇 해 전 '열린시학'에서 '현대시 동인' 특집을 한 바도 있어서 이래저래 '현대시 동인'은 우리 동인이 바라든 바라지 않든 하나의 역사적 사건이 된 것만은 분명한 일이다. 이미 동인지를 종간한 지도 오래됐고 동인들이 주머니를 털어서 제정했던 '현대시동인상'도 2001년 제10회를 끝으로 막을 내렸으니 '현대시 동인'의 활동은 이미 그 궤적을 마감한 하나의 역사가 된 것만은 분명한 일이 되었다.

내가 지금 지니고 있는 현대시 동인지는 15집(1968. 봄), 17집(1968. 여름), 21집(1969. 가을), 23집(1970. 여름) 단 네 권뿐이다.

반세기 전의 시공으로 타임머신을 타고 달려가보겠다. 오로지 내 기억의 지도를 따라가는 나만의 회고이기 때문에 객관성보다는 주관성이 강하고 보편성보다는 편협성이 강할 것이므로 이 글은 정사正史가 아니라 야사野史이며 사기史記가 아니라 유사遺事가 될 것이다.

2

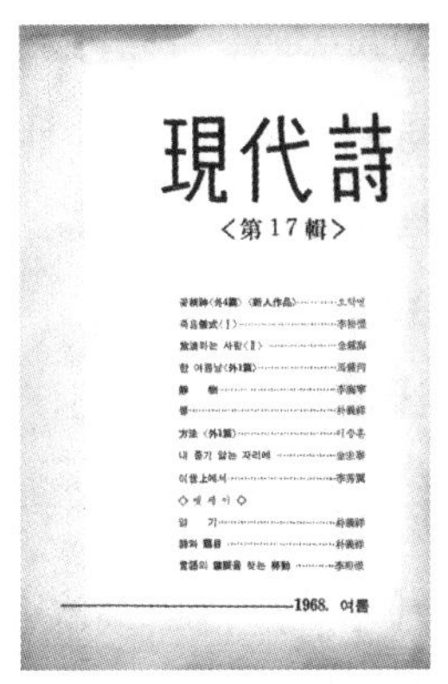
現代詩

<第17輯>

1968. 여름

『현대시』 제17집, 1968. 여름

내가 현대시 동인이 된 것은 1968년 여름이었다. '현대시' 17집에 '신인작품'이라는 타이틀 아래 「꽃 정신」, 「음악」, 「고향」, 「해운대에 와서」, 네 편의 시를 발표하였다. 17집에는 이유경, 김종해, 마종하, 이해녕, 박의상, 이승훈, 김규태, 이수익의 시와 박의상과 이유경의 에세이가 실려 있다. 작품 게재 순서를 보면 등단순도 아니고 가나다순도 아니고 제멋대로인데 아마도 이것이 당시 동인지를 주관하던 이유경과 박의상과 김종해의 아이디어였을 것 같다. 동인들이 하나같이 다들 내

로라하는 문예지와 신춘문예로 화려하게 등단한 시인들이었지만, 바로 그 '내로라' 하는 문예지와 신춘문예의 경직된 사고와 기득권적인 권위에 저항하는 정신이 내면에 박혀 있었을 것이다. 동인지는 40쪽 안팎이었지만 1집부터 연이어서 쪽수를 매겼던 것도 문학사에 남아 있는 옛날 동인지들이나 같은 시기에 명멸했던 여타 동인지와는 다르다는 은근한 자부심과 긍지가 밑바닥에 깔려 있었던 것 같다. 17집은 565쪽에서 시작하여 604쪽으로 끝나고 있다.

17집 판권란에는 '1968년 8월 1일 인쇄/ 1968년 8월 5일 발행'으로 돼 있고 저자는 '현대시 동인회/ 대표 주문돈'으로 나와 있다. 정진규는 어떤 내부 사정으로 이때 동인에서 빠져 있던 시기였던 것 같다. 뒤표지 속장에는 부산시 교육감, 부산비닐 대표, 부산의료원장, 프리마 발레연구소장, 성형외과원장의 명함광고가 나와 있다. 아마도 이유경과 김영태와 박의상의 지인들로 보이는데 그들이 얼마를 찬조했는지는 모르겠지만 당시 주축이 됐던 주문돈, 이유경, 김종해, 박의상이 지녔던 자부심과 사명감을 충분히 짐작할 수 있는 일이다.

나는 그 당시 대학은 마쳤지만 아무 직장도 없는 룸펜이었다. 1967년 중앙일보 신춘문예로 등단한 시인이지만 그냥 명색뿐이었고 시로써는 도저히 입지할 수 없다는 생각에 소설

습작을 부지런히 하고 있을 때였다. 그러면서 마음속으로는 대학원 국문과 진학을 생각하고 있었다. 그러니까 모든 일에 갈팡질팡 횡설수설할 때였는데 고대신문에 발표한 「굴뚝소제부」라는 나의 시를 읽은 김종해가 앞장서서 나를 현대시 동인에 참여하게 만들었다. 아마 모르긴 해도 마종하와 이승훈, 박의상과 이수익도 내가 동인이 되는 일을 적극 찬성했을 것이다. 소설을 습작하면서도 태생적으로 '시인'이라는 생각을 버린 적이 없는 나는 흔쾌히 동인으로 참여하게 되었다.

내가 동인으로 참여하기 직전인 1968년 2월에 나온 '현대시' 15집을 보기로 하자. 동인작품으로는 김규태, 이유경, 주문돈, 이해녕, 박의상, 이승훈, 이수익, 김영태의 시가 실려 있고 시론과 에세이에는 이유경과 박의상의 이름이 보인다. 그런데 특이한 점은 동인이 아닌 마종기와 이성부의 글이 실려 있다는 점이다. 미국 아이오와에서 마종기가 보낸 김영태 인물평과 이성부가 이승훈에 대하여 '인물 스냅'이라는 제목으로 쓴 글이 그것이다.

누군가는 '현대시 동인지'의 성격을 가리켜서 반동인지半同人誌, 반시지半詩誌라고 한 적이 있는데 아마도 이런 면을 지적한 것이 아닌가 하는 생각이 든다. 이처럼 동인들이 꿈꾸는 동인회의 진로는 단순한 친목을 목적으로 하는 일반적인 문학동인이 아니라 우리 시단의 주류를 형성하면서 현대시의 미래를 조망하려는 동인지로서는 좀 과한 의지를 품고 있었다는 사실은 지금 생각해보아도 참 가상하면서도 눈물겨운 일이 아닐 수 없다.

다시, 내가 동인으로 처음 참여한 17집 이야기. 17집 '동인소식'란에는 '오탁번—새 동인으로 함께 호흡하게 되었다'라는 말이 나온다. 소식란에는 동인들의 근황이 소개되고 있다. 주문돈은 시집 『잎 핀 날에』 출판기념회를 호수그릴에서 가졌고, 이승훈은 첫 아이의 출산예정일이 가까워지자 시 창작에도 더욱 열의가 생기는 모양이고, 김규태는 한여름 밤낚시에 맛을 들이고, 이수익은 방송 PD 일로 바쁘고, 마종하는 지루한 교생실습을 끝내고, 김종해는 정음사 편집 일을 하고 있고, 박의상은 조광무역 개발실로 직장을 옮기고, 이유경은 부산을 떠나 조선일보 편집부로 전입하고, 이해녕은 제대를 앞두고 있고… 그러니까 얼마 전 세상을 떠난 이승훈의 아들, 지금 연세대 의대 교수인 그의 아들이 엄마 뱃속에 있을 때이고, 등단하자마자 나보다 한 발 먼저 동인이 된 마종하는 교생실습을 막 끝낸 대학 4학년이고, 이해녕은 제대도 못한 현역이고… 아아. 반세기 전의 흑백사진이 눈앞에 가물가물한다.

1972년 25집부터 오세영과 이건청이 동인으로 참여하게 되었다. 이때부터 현대시 동인의 이모저모 활동이 더욱 본격화되지 않았나 싶다. 춘천교대에서 한양대로 옮긴 이승훈과 단국대에서 서울대로 옮긴 오세영, 한양대 전임이 된 이건청, 그리고 육사와 수도여사대를 거쳐 고려대로 옮긴 내가 대학의 시학 교수로서의 안목을 보태어 현대시 동인들의 시의 목소리가 80년대가 되면서 한층 더 짜임새 있게 전개되지 않았나 싶다. 거기에다가 정진규가 '현대시학'을 주관하면서 힘을 더욱 배가시켰고 이유경이 조선일보에서, 이수익이 KBS에서 음양으로 힘을 보태고 있었을 것이다.

나의 경우는 이해녕, 박의상, 마종하, 이수익, 오세영, 이건청과는 동갑이거나 어깨동갑이어서 처음부터 너나들이를 했고 김종해는 조금 선배, 주문돈, 정진규, 이유경, 김영태는 많이 선배 대접을 했다. 그런데 박의상은 워낙 현대시 동인을 일찍부터 해서인지 정진규와도 허물없는 친구처럼 대했고 어깨동갑들도 대부분 김종해와도 너나들이를 했다. 부산에 거주하는 허만하와 김규태와는 만나지도 못한 채 세월이 흘러갔다.

1970년 여름에 나온 현대시 23집 판권란을 한번 보면, 저자는 현대시동인회이고 편집은 이유경, 김종해, '계간季刊'이라는 표시와 함께 '집회 장소 : 광화문 유성다방, 집회 일시 : 매월 15일과 말일, 19시'라고 돼 있다. 맞다. 그때 유성다방에서 모여 술도 많이 마시고 함께 어울려 탁구도 많이 쳤다. 탁구는 김종해와 마종하가 제일 잘 쳤고 뒤풀이에서는 주문돈과 이유경과 박의상이 술값을 제일 자주 냈고 마종하와 나는 주로 맨입이었다. 나는 석사논문을 준비 중인 대학원 학생이었고 시보다는 소설에 더 심혈을 기울이고 있었다.

동인들이 모여서 나누는 이러저러한 시단 이야기는 늘 귓전이었고 그들의 대화에 능동적으로 끼지도 못하는 처지였다. 시-소설-학문. 이 세 가지를 맨손에 들고 삭막한 세상의 싸움터로 나가려는 서툰 초년병이었다. 이때 현대시 동인들과의 유대가 없었더라면 나는 평생 동안 시단에서 외톨이가 됐을지도 모른다. 나는 소설을 많이 발표했으므로 80년대까지는 시인보다는 작가로 더 알려져 있었고 그래서 시단 소식에도 깜깜이었지만 동인들과의 만남을 통하여 시단의 이모저모를 간접체험하고 있었다.

3

나는 1969년 소설이 신춘문예에 당선되고 대학원 국문과에 진학하게 되었다. 이해 가을에 나온 '현대시' 21집에는 '신작특집'란에 마종하, 이승훈, 오탁번의 시가 실려 있다. 나의 시

「비」, 「코」, 「피서기」, 「딜런 토머스」, 「후니」, 다섯 편이 있다.

그런데 1973년 자비 출판한 나의 첫 시집 『아침의 예언』에는 이들 작품이 빠져 있다. 이런 사실을 몇 년 전에 처음 알고 나는 참 놀랐다. 일부러 첫 시집에서 제외한 것이 아니라 그냥 깜빡했던 것이다. 그래서 나의 제9시집 『시집보내다』(문학수첩, 2014)를 낼 때 「유작」이라는 시를 쓰면서 능청스럽게 「후니」라는 시를 원문 그대로 인용해 살려놓은 적이 있다.

좀 멋쩍기는 하지만 여기서는 이 가운데 「비」를 되살려내기로 한다.

바람은 3시부터 조직이 된다
기와와 머리칼의 바다 위에
달려와 닻을 내리며
크고 빠른 선미船尾를 뒤채인다
심청沈淸이 네가 빠진 배금拜金의 바다
너의 뼈는 잠기고
이즘은 뛰어올라 꽃으로 변장했다
사회를 달리는 바람의 선실 속에는
고쳐야 할 조문條文도 의장 불신임도
심청이 너의 배금사상도 있다

바람은 3시부터 조직이 되어
열성 당원黨員의 지붕 위에
머리 위에 쏟아진다
너는 황후皇后가 되어 재벌이 됐지만
나에겐 눈먼 애비도 없다
꽃도 궁궐도 없는 젖은 하수구
박수치는 당黨의 우스운 대회
4시부터 바람은 쓰레기가 된다

50년 전의 젊은 시인 오탁번! 나도 모를 환상의 고리들이 불을 뿜고 있어서 가까이 가면 화상을 입을 것 같다. 반사회, 반예술, 반국가, 반역사, 반인류, 반지구, 반우주… 온통 반反으로 핏빛이 된 청춘의 자화상이 참으로 가소롭다.

현대시 동인은 26집을 끝으로 동인지를 마감했지만 그 후에도 남다른 유대를 유지하면서 청년을 지나 중년의 고비에 다다르고 있었다. 1995년에는 동인회로서는 초유의 일인 '현대시동인상'을 제정하여 등단 5년 미만의 시인을 대상으로 해마다 수상자를 선정하였다. 동인 모두가 심사위원이 되어 가장 뛰어난 젊은 시인을 선정하기 위하여 노력하였다. 이승훈과 박의상 그리고 오세영과 이건청이 제일 열성을 보여 다른 동인들이 다들 부러워하였다. 정진규가 주관하는 '현대시학'에서는 수상자 특집을 하여 심사평과 수상소감과 평론을 함께 실었고, 김종해가 경영하는 문학세계사에서는 수상시집을 출판하여 시단의 화제가 되곤 하였다. 동인들이 주머니를 털어서 상패를 만들어주고 시상식이 끝나면 푸짐한 뒤풀이를 갖기도 하였다. 현대시동인상을 받은 열 명의 젊은 시인들은 강연호, 박상순, 이대흠, 연왕모, 김참, 권혁웅, 조말선, 심재휘, 손택수, 길상호였다.

'현대시동인상'은 2004년 10회 수상자를 끝으로 마감하였다. 그렇다. 시인들은 자주 잘 지친다. 현대시 동인들도 그랬다. 시단은 분열 대립하고 사회는 극도로 이율배반의 암흑으로 질주하고 있었다. 이런 마당에 동인들이 주머니를 털어서 문학상을 제정하는 애틋한 우정이 과연 무슨 의의가 있을 것인가 하는 내면의 의문과 좌절감이 작용했을 것이다.

김영태, 마종하, 정진규, 이승훈이 세상을 떠났다. 이해녕과는 소식이 두절된 지가 20년이 넘는다. 늘 맏형 역할을 하던 주문돈과도 만난 지가 오래되었고 부산 선배 시인인 허만하와 김규태의 소식도 깜깜이다. 다 떠났고 다 흩어졌지만 '현대시 동인'의 발자취는 내 기억의 암사지도에 점점이 오롯하다.

(『문학 · 선』, 2019. 가을)

제 4 부

시, 스토리텔링

소를 타고 어디를 가시나?

조오현 문학전집 『적멸을 위하여』(문학사상, 2012)를 읽으면서 나는 묘한 착각에 빠진다. 그러니까 이 글은 그 흔한 서평이나 평론이 아니라, 나의 착각에 대한 고백이요, 오독에 관한 기록이라고 할 수 있다. 『적멸을 위하여』는 한 선사禪師의 문학적 생애가 오롯이 담겨 있는 문학전집임에 틀림이 없으나 나는 그것이 문학작품의 집합체로 보이지 않고 아득한 옛날에 적멸해버린 어느 선사의 부도浮屠나 사리舍利처럼 보였다. 무서운 일이다. 바로 얼마 전 초봄에 스님과 점심 공양도 함께했는데, 웬 부도니 사리니 하는고? 나의 헛된 공상이 참말 벼락 맞을 만큼 괘씸한지고.

스님을 처음 만난 게 벌써 오래전 일이다. 그러나 바로 어제의 일인 듯 눈앞에 떠오를 때가 많다. 필름을 되돌려 잠깐 한 컷을 보기로 하자. 주위에 시를 쓰는 사람들이 몇 있었지만 다 지워버리고 스님과 단둘이 있다고 치자. 스님은 무애無碍

무변無邊의 정신을 아무렇지도 않게 실천하는 아주 소년과도 같은 천진한 모습이었다. 사람과 사람의 만남의 층위는 천태만상이겠으나 아마도 스님을 본 순간부터 나의 눈에는 딱히 하나로 규정지을 수 없는 아주 특별하고 묘한 캐릭터로 비치는 것이었다.

찰나적으로 잠깐 그 실체가 보이는가 싶으면 이내 사라져 버리는 그의 모습은 독해되지 않는 난해한 언어구조처럼 미묘했다. 단순한 말이 아니라 복잡 미묘한 문맥이었다. 그냥 풍경이나 인물을 사생寫生하는 인격이 아니라 단청을 그리는 금어金魚의 가물가물한 눈빛이었고 구부정한 어깨였다. 손때 묻은 염주를 목에 건, 좀 무력해 보이면서도 그러나 초탈의 경지에 들어섰다는 것을 은근히 과시하는 노스님이겠거니 했던 나로서는 조오현 스님의 이런 모습이 기이하게도 고마웠다.

그때 스님은 백담사 경내를 거닐면서 말했다. 철부지 아이들이 나무토막으로 탑을 높이 쌓았다가도 발로 툭 차버리고 이내 다른 놀이에 빠져드는 것처럼, 고운孤雲의 시 한 편이 천년을 가지, 다른 것은 다 헛것이라면서 자신이 이룩해놓은 백담사의 문학적 풍경을 한칼로 도려내는 것이었다. 한국시단에 대하여 냉소하는 스님의 일도양단一刀兩斷의 검법도 날카로웠다. 시인의 품격이 마땅히 지녀야 할 법은 아랑곳하지 않고 약삭빠르게 시단의 흐린 물을 더 흐리게 하는 소인배들을 은근히 깨부수는 기운이 그의 언어 속에서 번뜩였다.

언젠가 왜 출가를 하셨느냐고 누가 묻자 스님은 천진하게 파안대소했다.

— 소 머슴 살러 갔다가 중이 됐지.

스님의 이러한 금강金剛빛 운명이 이번 문학전집에 실린 「무산심우도霧山尋牛圖」 열 편 속에도 그대로 스며 있다.

징 소리로 비 개이고 동천洞天 물소리 높던 날
한 웃음 만발하여 싣고 가는 이 소식을
그 고향 어느 가풍에 매혼埋魂해야 하는가

살아온 죄적罪迹 속에 못 살릴 그 사구死句다
도매盜賣할 삶을 따라 달아난 그 탈구脫句다
그 무슨 도필刀筆을 잡고도 못 새길 양음각陽陰刻이어

-「기우귀가騎牛歸家」 무산심우도 6

스님이 소를 타고 돌아가는 곳이 어디인지는 아무도 모른다. 스님도 모르고 부처도 모른다. 자동으로 작동하는 형상기억形狀記憶의 마술처럼 '사람-소'의 변용이 하도나 자유자재여서 소를 본 듯싶어서 눈을 비비고 바라보면 언뜻 사람이 보이고 다시 눈을 깜박이면 비쩍 마른 소가 보인다. 도필刀筆을 아무리 꽉 잡아봐야 새길 수 있는 글자는 없다. 다시 형상을 회복하는 것은 아득한 무無와 공空일 뿐이다. 죽음과 같은 태초太初의 적막뿐이다.

삶의 즐거움을 모르는 놈이
죽음의 즐거움을 알겠느냐

어차피 한 마리
기는 벌레가 아니더냐

이다음 숲에서 사는
새의 먹이로 가야겠다

-「적멸을 위하여」

아, 결국 스님이 돌아가는 곳은 바로 새의 먹이가 되는 죽음의 시공時空이다. 스님이 소를 타고 가는 곳은 너무나 비천하여 큰스님의 길답지 않다. 겨우 새의 먹이가 되는 것이 소원이라니? 삶과 죽음이 동행하는 구도求道의 길은 이처럼 사소한 것인가.

여기서 나는 문득 티베트 동냥중의 다 낡은 가사 자락이 생각난다. 티베트 설산雪山의 조장鳥葬터를 찾아가는 나의 상상력도 아득하기만 하다.

포탈라Potala 궁 가파른 계단을 오르며
내 심장은
유리접시 위의 날달걀처럼
좀만 기우뚱해도
금세 쏟아질 것 같다
삶과 죽음이
매한가지라는 걸 비로소 알겠다
나 이제
이승과 저승을 느릿느릿
한 순간에 오가며
야크 버터 흐린 촛불 아래
몽당연필로 꿈을 그리는
티베트 아이들 복 빌어주는
동냥중이나 되고 싶다

얄룽 창포Yarlung Tsangpo 물길 건너
사메Samye 사원 모랫길을 가다가
붉은 가사 낙낙한 티베트 스님 만나면

호젓이 담배도 노나 피운다
귀고리도 가붓한 티베트 계집 만나면
오디빛 머리칼 헤쳐서
서캐도 몇 마리 잡아준다
동냥중 노릇 잘 해서
티베트 아이들이 통통히 살이 오르면
내 몸 알뜰히 버리려고
설산雪山 비알 조장鳥葬 터
돔덴Domden을 찾아간다

새끼 독수리도 냠냠 먹도록
내 살 잘게잘게 저며 달라고
시체를 토막내는 돔덴에게
옴 마니 팟메 훔Om Mani Padme Hum!
두 손 모아 빈다
내 정강이뼈로 만든 피리 소리가
은하수銀河水 넘치도록 메아리칠 때
설산雪山 위에 뜨는
눈썹 같은 초승달이나 되고 싶다

- 오탁번, 「티베트의 초승달」

"새끼 독수리도 냠냠 먹도록/ 내 살 잘게잘게 저며 달라고" 돔덴에게 비는 동냥중의 이미지가 어찌하여 『적멸을 위하여』의 화자話者의 이미지와 그대로 겹쳐지는지 나는 그 연유를 도무지 알 수가 없다.

지지난해 여름 하안거夏安居 결제結制 때 백담사에서 스님을 뵌 적이 있다. 다음 시의 풍경은 스스로 생각하건대 스님을 찍은 사진 중에서 제일 초점이 잘 맞았지 싶다. 스님의 미묘한 영혼과 문학작품을 어떻게 논리가 분명한 문장으로 휘뚜루 말할 수 있단 말인가.

음력 4월 15일
하안거 결제날 아침
백담사 극락보전 부처님께
삼배三拜 올리는 스님을
멀찌가니 뒤에서 바라보다가
한 순간
눈시울이 뜨거워졌다

섬돌 위에
스님이 벗어놓은
흰 고무신 한 켤레가

뇌성벽력 치는 하늘로

노 저어가는

작은 돛배처럼 보였다

삼배 올릴 때

무슨 생각했느냐는

나의 물음에

— 아무 생각 안 했어

스님은 덤덤히 웃었다

은하수 물녘까지

한 순간에 다녀온 듯

가사 자락이 서늘했다

- 오탁번,「순간」

흰 고무신이 왜 작은 돛배처럼 보였을까? 스님이 자신을 보잘것없는 낙승落僧이라고 말할 때마다 그것을 하나의 시적 반어反語로 받아들이면서 어떤 불가사의하고도 쉽게 범접할 수 없는 특이한 이미지를 떠올리곤 했다.

"은하수 물녘까지/ 한 순간에 다녀온 듯/ 가사 자락이 서늘했다"라는 말 속에 조오현 문학전집『적멸을 위하여』를 바라보는 내 시야의 한 점이 이냥 고스란하다.

꽃을 심는 시인

1

추사 김정희(1786~1856)가 71세 때 쓴 작품 가운데 널리 알려진 예서로 쓴 대련이 있다.

대팽두부과강채 고회부처아녀손大烹豆腐瓜薑菜 高會夫妻兒女孫이 그것인데, 좋은 반찬은 두부, 오이, 생강, 나물이고 훌륭한 모임은 부부와 아들딸 그리고 손자라는 뜻이다. 오랜 세월 유배를 마치고 돌아와서 느끼는 노년의 심정을 단순소박하게 표현한 명필이다. 대련 글귀 사이에 '이것은 촌 늙은이의 최고 즐거움이다. 비록 허리춤에 한 말 되는 황금인黃金印을 차고, 음식이 사방 한길이나 차려져서 시중드는 첩이 수백 명 있다 해도, 능히 이런 맛을 누릴 수 있는 사람이 몇이나 되겠는가'라고 추사는 세필로 적고 있다. 일흔한 살 된 과천에 사는 노인 즉 '칠십일과七十一果'라고 쓰고 낙관을 한 걸 보면 세상을 하직하기 얼마 전에 쓴, 그야말로 절세絶世의 작품으로 보인다.

추사가 살던 조선조 당시의 평균수명은 아마도 쉰 살이 채 안 됐을 것이다. 그러니까 추사는 오랜 유배 생활을 하면서도 장수를 한 셈이다. 요즘으로 환산하면 아흔 살쯤? 온갖 질시와 정치적 박해를 받으면서도 그만이 지닌 무서운 통찰력과 기괴할 정도의 예술혼이 있었기에 장수를 누린 것일까.

이번 이길원 시인의 새 시집 『꽃을 심는 손』(문학아카데미, 2019)의 원고를 읽으면서 문득 추사가 혼신의 힘을 기울여 쓴 서예의 이미지가 떠올랐다. 그나 나나 이제 인생의 다저녁때가 되어 서산 노을을 그윽이 바라보는 늙정이가 되었다. 그동안 살아온 현세적인 삶의 궤적은 이미 다 무화無化되었고 남은 것은 늙은 아내뿐, 아들딸과 손자들도 다 집 나가버렸다. 그래서 이길원 시인의 이번 시집에서 '아내'와 '노을'이라는 시어가 자주 등장하는 것은 아주 자연스러운 일이다.

과연 그런가? 이렇게 말하니까 인생 땡! 종친 것 같은 비감이 들기도 하지만 이러한 비극적 진술은 사실일 수밖에 없고, 한편으로는 전혀 사실과는 무관한 뻥!일 수도 있다. 시를 쓰는 사람의 언어는 사실이나 진실과는 동떨어진 '언어' 그 자체이기 때문에 시인의 말과 그가 시에서 구사하는 언어는 A=B가 아니라 언제나 A≠B의 모순적인 관계가 성립하기 때문이다. 나이가 들면 들수록 A=B라는 시적 은유의 방식을 일탈하게 되는데 이게 바로 다늙은이 시인의 명예이자 특권이라고 할 수 있다.

추사가 제주 유배에서 풀려나 강상江上에 머물던 시절에 쓴 현판 중에 서첩으로 전해지는 특별난 작품이 또 하나 있다. 일독 이호색 삼음주一讀 二好色 三飮酒. 이 말은 원래 청나라 '소대총서昭代叢書'에 나오는 말인데 추사가 이걸 현판으로 쓴 것을 보면 고지식한 샌님이 아니라 파격적인 예술혼을 불살라온 진정한 자유인이라는 생각이 든다. 색이 어디 여색뿐이랴. 빛깔과 모양이 있는 삼라만상은 예술을 하는 이에게는 영원한 색色이요 만고의 텍스트인 것이다. 다늙은이 추사가 짐짓 호색을 말하는 것은 남녀 간의 색정만을 뜻하는 것이 아니다. 예술인으로서의 열린 마음과 가치관을 '에헴!' 하고 수염을 쓰다듬으면서 토로하는 것이다.

여기서 잠깐! '다늙은이'라는 말은 표준어는 아니지만 충북 지방에서는 다 통용되는 말로서, 완전 늙은이 또는 진짜 늙은이를 다정하게 부르는 말이다. '다저녁때'라는 말도 마찬가지다. 보리쌀 안치는 이른 저녁은 '보리저녁'이다. 이처럼 세월이나 시간의 경과를 뜻하는 고유어도 앙증맞은 말이 많다. 미당의 시에 나오는 '박꽃 때'라는 시간 단위도 마찬가지이다. '박꽃 핀다. 저녁밥 지어야지. 물 길러 가자.'(「박꽃 시간」)라는 말도 '담배 한 대 피울 참'이라는 말도 다 알뜰살뜰한 우리말이다. 최근에 유종호 선생의 에세이를 읽다가 '그러께 눈'이라는 말을 보고 놀란 적이 있다. 재작년 곧 지지난해를 그러께라고 하는데 그때 내린 눈이 다 녹아버렸다는 뜻에서 무엇이 종적 없이 사라진 상태를 이르는 말이다.

2

까마득한 옛날 우리 민족은 바이칼 호수와 몽골 초원과 만주 대륙을 말달리는 기마민족으로서 출발했지만 그중에서 다수인지 일부인지가 따듯한 남쪽을 지향하면서 이동을 거듭하여 한반도를 터전 삼아서 농경민족으로 정착했다는 것이 통설이다. 그러다 보니 한 마을에 씨족들끼리 모여 살게 되었고 가족 단위의 삶을 영위하게 되었다. 자연스럽게 씨족이 모여 부족을 이루고 작은 농경사회의 틀을 이루게 되었는데, 이때 가장 중요한 결집의 모티브는 가족이라는 혈연의 고리였고 자연스럽게 할아버지-할머니, 아버지-어머니, 아들과 딸로 이어지는 가족의 혈연집합이었다.

공을 굴리는 사람
정물처럼 앉아 지난 시간 떠올린다

어두운 골목 대문 앞
누가 볼세라 몰래 훔치던 입술에
쿵쾅거리던 심장
난생 처음 타 본 신혼여행 비행기
첫 밤을 보낸 성산포 앞 바다
눈부시던 일출봉 아침 햇살

또옥 또옥 물 한 방울도 아끼며
가난을 훈장처럼 달고 살던 젊은 날
어쩌다 와인 한 잔에 가슴 떨던 날도 있었지

폭포처럼 빠른 시간
아이들도 품을 떠나고
은빛 머리 주름진 얼굴로 생각해 본다
평생 못해 본 말
— 사랑한다

무심히 바라보는 용왕산 노을 아래

손잡은 노부부의 느린 걸음

곱다

묵은 그림 가슴에 그리는 수채화 같은

-「용왕산에서」

용왕산龍王山은 양천구 목동에 있는 해발 79미터 높이의 산으로 목동 근린공원이 조성돼 있는 곳이다. 바로 시인이 사는 동네의 산이다. 신혼여행을 갔던 제주도 성산 일출봉에서 시작된 시인의 생애는 반세기의 시간을 경과하면서 서울 목동의 용왕산으로 이동한다. 우주선의 시간보다야 빠르지는 않겠지만 시인은 타임머신을 타고 신혼의 단꿈에서 아들딸도 다 품을 떠난 다늙은이의 시공으로 비행하고 있다.

담담한 어조로 풀어나가는 시인의 궤적은 한 개인의 역사이면서 아울러 한반도에 뿌리내린 호모 사피엔스의 문명화 과정을 압축하여 표현하고 있다. 꼭 속마음을 감추는 충청도 태생이어서가 아니라 대부분 한국 남성의 다중적 인격을 고대로 드러내주고 있어서 웃음이 나면서도 절실하게 서럽다. 사랑하지만 평생 사랑한다는 말을 하지 못하고 사는 부부는 아름답다. 짝짓기를 하여 아이들을 생산하는 관계지만 그것을 쉽게 말로 표현하지 못한다.

자식들을 다 시집 장가 보내고 텅 빈 집에 늙은 부부가 외롭게 아니 단출하게 홀로 살고 있다. 시인은 용왕산 근린공원에 혼자 산책을 나왔다가 벤치 위에 정물처럼 앉아 쉬고 있다. 정물처럼 앉아 있지만 시인의 마음속에서는 젊은 날의 풍경이 동영상으로 폭포처럼 빠르게 재생되고 있다. 어두운 골목에서의 키스, 성산포 앞바다, 일출봉의 햇살, 무럭무럭 커가는 아이들.

그러나 시인의 현재 시간은 은빛 머리와 주름진 얼굴이다. 용왕산 노을 아래 어느 노부부가 손잡고 느릿느릿 걸음을 옮기는 모습을 무심히 보고 있다. 보고 있는 대상에게 시인 자신이 오버랩되면서 주체와 대상이 일체화되고 있다.

떫고 아리던 풋대추
비바람 태풍에 시달리다
한여름 태양에 붉게 몸 태우고
가을 서릿발에 쪼그라들고 오그라들며 알았네
지금이 절정이라는 것

산등성에 올라 세상사 굽어보듯 돌아보는 삶
밥알 넣어주기 바쁘던 품속의 아이들 떠나고
욕망 삼키고 야심 잠재운 늦가을
흐르는 구름처럼 평안하기만 한데

언제 지금처럼 평온한 날 있었나

이제야 알았네
쪼글쪼글 붉은 대추 속살
달콤한 연유를
나이 칠십에

-「늙은 대추」

「늙은 대추」는 바로 시인의 형상이요 정서 그 자체이다. 한여름 비와 바람에 시달리며 뜨거운 태양에 몸을 태운 풋대추가 가을이 되어 붉게 익고 마침내 가을 서리를 맞으면서 쪼글쪼글 오그라드는 모습이 바로 시인의 형상이다. 그것이 평온하고 달콤한 연유를 깨닫는 칠십 먹은 노인의 정서와 서로 알맞게 어울리면서 깊은 감동의 물결을 일으킨다.

한나라 채옹蔡邕(133~192)은 '필론筆論'에서 '글씨의 체세體勢는 반드시 그 형상形象에 합치해야 한다.'고 말한다. 마치 벌레가 나뭇잎을 갉아먹는 것 같고 예리한 칼이나 긴 창 같고 강한 활이나 화살 같고 물과 불 같고 운무 같고, 해와 달 같이 자유자재로 형상할 수 있어야 서법 예술이라고 말한다. 여기서 재미있는 비유는 '약충식목엽若蟲食木葉'이라는 표현이다. 벌레가 나뭇잎을 갉아먹을 때도 미적 거리와 균형 감각이 있다. 서예는 물론이요 시도 마찬가지일 것이다. 과장된 비유로 균형을 잃고 시적 형식이나 내용을 부풀리는 것은 온당치 못한 일이다. 이길원 시인의 시창작의 묘미는 사물을 있는 그대로, 보이는 그대로 형상화하는 데 있다. 「늙은 대추」에 나타난 소박하면서도 군더더기 없는 시적 표현은 겨울 들녘 푸르름과 생명을 다 던져버리고 홀로 서걱이는 갈대밭의 헛헛한 풍경과 흡사하다.

다음 시에 나오는 '달빛 받은 박꽃'은 시간과 공간의 개념이 묘하게 삼투작용을 하는 절묘한 이미지다. 달빛 받은 박꽃처럼 웃는 아내는 밭이랑 같은 눈주름에 노을이 촉촉하다. 손자 손녀들의 재롱을 보는 아내의 모습이야말로 서른 해 전에 돌아가신 어머니의 모습조차 재생시키는 오롯한 '부처아녀손'의 가족사진이다.

햇살이 가볍게 등 두드리는
토요일 오후
손자 손녀들이 구르듯 뛰며
깔깔대고 있다
뒤뚱 뒤뚱 막내 손자 게걸음에
아내는
달빛 받은 박꽃처럼 웃는데

밭이랑 같은 눈주름에

겹친 노을이 촉촉하다

무슨 까닭인가

내 아이들이 저렇게 뛰던 날

— 넘어진다 그만 뛰어라

흑백 필름처럼 재생되는

서른 해 전의 어머니 목소리

진달래도 시샘하던 아내의 젊음이

가듯

그렇게 또 한 세월 지나면

구르듯 뛰며 깔깔대는 웃음에도

겹칠 노을

-「순환선 3」

3

시를 한마디로 정의하면, '아주 오래된 편지'라고 할 수 있다. 너무 오래돼서 빛바랜 편지, 사연도 기억에서 이미 흐릿

해졌지만, 그러나 평생의 나침반처럼 알게 모르게 나의 운명을 지시하고 예언하면서 꿈결까지 따라오며 나에게 네버엔딩의 스토리를 속삭여주는 신비한 편지가 바로 시의 탯줄이 된다.

학교 문턱도 못가 본 어머니
갓 결혼한 사위에게 보낸 오래된
아주 오래된 편지

미거ᄒᆞᆫ 여아 범백사을 골로 가르치지 못ᄒᆞ고 백연중 ᄒᆞᆫ 일생을 그대에게 부탁하니 사소ᄒᆞᆫ 허물에 매여 실책지 말고 조용히 이르고 가르처 어진 성언으로 인도하압기 바라며 훌융ᄒᆞᆫ 여인이 만타ᄒᆞᆯ지라도 그대 인연은 그뿐이라 생각하고 백연일생 하로같이 지내시어 해로동락을 업디어 빌며 이만줄이니

팔순 매형 곱게 간직하다 보여 준 편지
아직도 신혼처럼 손잡고 산책하는 다정도
이 편지 힘인 듯

-「편지」

이「편지」는 그야말로 한 편의 시다. 딸을 시집보낸 어머니

의 근심과 사랑이 고스란히 배어나오는 이런 글은 차마 '시'라고 이름하기조차 조심스러운 시의 원형질이라고 할 수 있다. 오래된 편지에서 문득 시를 찾아내는 시인의 눈썰미도 눈썰미려니와, '해로동락 업디어' 비는 모정의 안쓰러움이 시가 아니라면 이 세상천지에 그 무엇이 시랴!

시집의 머리말에서 '손/ 살아온 만큼 거친 상처투성이/ 그래도 꽃은 심을 수 있다'고 시인은 말하고 있다. 상처투성이의 손과 꽃의 대칭점에서 피어나는 것이 바로 시다. 야들야들한 한 송이 제비꽃이다.

강남 갔던 제비가 돌아오는 시기에 꽃이 피는, 봄의 전령사 구실을 하는 제비꽃은 화려하거나 요란한 꽃이 아니다. 산과 들에 흔히 피는 자주색 조그만 꽃으로 일명 오랑캐꽃으로도 불린다. 이용악의 시 「오랑캐꽃」이 널리 알려진 것은 우리가 아는 바와 같다. 이길원의 시에도 자주 등장하는 제비꽃은 시인에게 자연의 섭리를 한 순간에 일깨워주는 촉매 역할을 하는 것 같다. 봄바람과 봄볕에 놀라 몸을 가누지 못하고 흔들리는 가녀린 제비꽃을 보면서 시인은 문득 '살아 있어 행복한 날'이라고 토로한다.

> 문 두드리는 소리에
> 누군가 싶어 창문 여니

봄바람
뒤따라 온 햇빛
창틀에 뛰어 올라
진진머리 장단에 춤을 춘다

눈부신 춤사위

짐짓 놀라 들에 서니
제비꽃
사랑에 취해
제 몸 하나 가누지 못하고
살랑거리네

살아 있어 행복한 날

-「아침 제비꽃」

노년의 삶은 평온하지만 그것 자체가 또 다른 고난의 연속일 수 있다. 이제까지는 가보지 못한 길의 이정표는 노을 따라 서산 너머 소실점으로 지고 있다. 어린 것들도 장성하여 다 제 갈 길을 가고 있지만, 살아간다는 것은 '폭풍이 지난 자리/ 광풍에 고개 숙이던 제비꽃 한 송이/ 하늘하늘 열은 바람에 몸 흔들며/ 사랑에 겨워 살랑대는/ 보듬고 만질 수 있는 제비꽃 한 송이/ 바라보는 일'(「제비꽃 바라보는 일」)이라는 깨달음을 통하여 노년의 적막이 내비치고 있다. 그런데 그 적막은 이길원 시인의 손에 닿으면, 미당의 '진영이 아재의 쟁기질' 솜씨처럼 순간적으로 가지런하고 나란하게 꼼틀꼼틀 변용하는 마술을 부린다. '우리 마을 진영이 아재 쟁기질 솜씬/ 예쁜 계집애 배 먹어 가듯/ 예쁜 계집애 배 먹어 가듯/ 안개 헤치듯, 장갓길 가듯'(「진영이 아재 화상」) 변용하면서 요술을 부린다. 어떤 때는 부러진 갈대 위를 아슬아슬 느릿느릿 기어가는 달팽이가 되기도 한다.

젖은 아침
간 밤 장마에 부러진 갈대
비스듬 잡은 달팽이 한 마리
촉수 휘두르며 간다
천천히
한 걸음에 갈 수 있는 길이 어디 있으랴
울퉁불퉁한 길
간다

비 갠 하늘

여름 해 달아 오는데

멀고 먼 갈대 끝 길

-「달팽이」

지금 가는 길은 '멀고 먼 갈대 끝 길'이다. 그래도 시인은 꽃을 심는다. 눈이 흐려지고 귀가 안 들리고 허리가 굽어지지만 봄이 오면 상처투성이의 손으로 꽃을 심는다. 내가 보자고 심는 꽃이 아니다. 꽃이니까 심는다. 꽃씨니까 뿌린다. 손자 손녀들의 영혼에 오밀조밀한 씨앗을 뿌린다. 천부지모天父地母라, 이길원 시인의 아녀손兒女孫들에게 하늘과 땅의 은혜가 찬란할진저!

노마드는 꿈속에서도 꿈을 꾼다

그는 동양일보(1991)를 창간한 언론인이자 시집 『살아있음만으로』(1979)와 『다시 바람의 집』(2013)을 낸 시인이다. '한국시낭송전문가협회'를 조직하여 해마다 충북 곳곳을 순회하면서 시 낭송회를 개최할 뿐 아니라 충북 진천과 중국 연길에서 포석 조명희문학제를 주관하는 문화운동가이다. '사랑의 점심 나누기' 운동을 전개하여 저 멀리 아프리카 오지를 찾아가서 가난한 어린이를 위하여 학교를 지어주고 있는 뜻깊은 봉사활동도 20년째 이어오고 있다.

또 그는 충북예총회장으로서 무수한 문화행사를 개최하느라고 일 년 내내 눈코 뜰 새가 없는 사람이다. 그는 누구인가. 조철호. 1945년 생. 그가 살아온 생애의 위도와 경도는 이처럼 지구적地球的 큰 무늬 속에서 이해되어야만 한다.

이번에 세 번째 시집 『유목민의 아침』(푸른나라, 2015)을 상재하면서 그가 좀 엉뚱하게도 나에게 시집 앞에다가 머리 글을 써달란다. 글로벌한 행동반경과는 아랑곳없이 시골에 묻혀 사는 나에게, 시인으로서 그가 지닌 광막한 궤도를 어디 한번 깜냥껏 따라와 보라는 것이다. 이것 참. 하날때, 두알때, 사마중, 날때, 육낭, 거지, 팔때, 장군, 고드래, 뽕! 술래를 정하는 것처럼 그가 불쑥 보낸 이메일은 이렇다.

탁번이 형.

세 번째 시집 『유목민의 아침』을 묶습니다. 상반기에 내려다 엉뚱한 일들로 미뤄져 조금은 서둘고 있습니다. 해설은 평론하는 친구에게 받았는데, 책머리에 놓을 글은 형이 써주면 어떨까 합니다. 이제 이런 짓 그만하고 바람처럼 가벼이 가벼이 흘러다닐 요량입니다.

옥천 청산면 하서리라는 산골에 친지가 새로 지어 버려둔 집 방 한 칸을 며칠 간 쓰기로 하여 어제 첫날밤을 잤습니다. 햇반으로 아침 점심을 때웠으니 저녁쯤은 시내 장터에 나가 돼지국밥집이나 기웃댈까 합니다.

여기서 나의 기억의 추는 과거로 팽그르르 돌아간다. 지난 1997년의 일이다. 그해 나의 시 「백두산 천지」가 정지용문학상을 받았는데 옥천 정지용 생가에서 열린 지용문학제에 참석했을 때의 일이다. 행사가 끝나 막걸리를 몇 잔 하고 있을 때 누가 나에게 다가오더니 대뜸 "탁번이 형!" 하는 게 아닌가. 아니, 내가 지금 나이가 몇 살인데 아직도 나를 '탁번이 형'이라고 부른단 말인가.

나는 깜짝 놀라 그를 바라보았다. 아주 준수하게 생긴 신사가 웃는 얼굴로 다가왔다. 그가 조철호였다. 풍문에 청주에서 언론계에 종사한다는 말은 들었지만 그를 거기서 만나리라고는 정말 상상도 못하였다. 1950년대 내 고향 백운초등학교 교장으로 계시던 조중협 선생의 둘째 아들이었다. 타임머신이란 게 진짜 있는가 보았다.

그가 나를 그 옛날의 방식으로 호명하였던 그 순간부터 우리는 초등학교 시절의 철부지 형과 아우로 '시간'이라는 거대한 괴물과 맞짱을 뜨게 되었던 것이다. 그래서 그가 전화나 이메일에서 '탁번이 형!'이라고 호명할 때면 나는 곧바로 백운초등학교 5학년 어린이가 되는 것이다.

나는 그동안 나의 문학적 재능을 제일 처음 발견해주신 분으로 옛날 그 교장 선생님을 꼽고는 했다.

내가 5학년 때 조중협 교장 선생님이 새로 부임해 왔다. 콧수염을 살짝 기른 무서운 선생님이었는데 방과 후에 문예반 지도를 직접 하였다. 학년마다 우등생을 뽑아서 직접 글짓기 지도를 하였다. 어느 날 내가 쓴 글을 칭찬하시더니 월요일 전교생 조례시간에 무슨 상장까지 주셨다. 기억을 되살려보면, 교장 선생님이 칭찬해주신 내가 쓴 글은 아주 짤막한 "바람이 옥수수 잎을 어루만지며 지나갑니다"라는 것이었다.

그분은, 내가 커서 알게 되었는데, 「낙동강」을 쓴 작가 포석 조명희 선생의 조카 되는 분이었다. 그러니까 시골학교에서 교장의 신분으로 문예반을 만들어 학생들을 직접 지도까지 하는 열정을 보였던 것이다. 내가 지닌 문학적인 싹을 최초로 알아보신 분인 것 같다.

교장 선생님은 1년 후에 다른 학교로 전근을 가셨고 그의 아드님들도 다 전학을 갔다. 얼마 전에 조철호 시인한테 어느 초등학교를 졸업했느냐고 물으니까 음성군 감곡초등학교라고 했다. 그가 나보다 한두 해 아래 학년으로 백운초등학교를 다닌 것은 잘해야 2~3년일 텐데 어떻게 내 이름을 그때까지 기억하고 있었던 것일까. 조명희-조중협-조철호로 이어지는 가문의 문학적 내력 때문은 아니었을까 그냥 짐작할 뿐이다. 사람과 사람 사이 만남의 기억은 참으로 무섭도록 신비한 아우라를 지닌다는 생각을 지울 수 없었다.

그의 종조부 되는 포석 조명희문학제를 해마다 성대하게 열어 우리 민족문학을 재조명하면서 그가 꿈꾸는 것은 무엇일까. 유랑과 망명으로 생을 다한 포석의 문학성은 광활한 우주로 뻗어가고 있다는 점, 바로 이것이 조철호 시인이 간구하는 시적 방향의 궁극점이 아닐까 하는 생각이 들었다.

그의 시에는 유독 '바람'의 시적 상상력이 자주 돋을새김되는 것을 볼 수 있다. 제2시집이 『다시 바람의 집』이라는 사실과 이번 시집이 『유목민의 아침』이라는 점도 간과할 수 없다. 노마드nomad는 대지 위를 바람처럼 떠돈다. 정처가 없으므로 그가 머무는 장소는 고착적인 공간이 아니라 이미 공간을 뛰어넘는 시간성을 획득하게 된다. 바람으로 지은 집은 형체가 없다. 머물고 싶어도 머물 수가 없는 상상 속의 집이다. 유목민의 집도 시간의 진행에 따라 이동하며 시간과 공간이 등식을 이루는, 형태 없는 바람의 집이기는 마찬가지이다.

그가 이번에 나에게 보낸 이메일에서도 "이제 이런 짓 그만하고 바람처럼 가벼이 가벼이 흘러다닐 요량입니다."라고 적고 있는 것을 보면, 그가 타고난 바람에의 지향성은 한낱 방랑벽에 머무는 것이 아니라 좀 더 본연적인 욕망에서 비롯되는 이타적인 희생과 통하는 것으로 파악된다. 농경의 안정된 삶을 이어가면서도 유목의 무한 변화와 모험을 외면할 수 없는 우리 민족의 원형적 집단무의식과도 맞물린다.

대륙의 끄트머리 삼면이 바다에 둘러싸인 우리 조국의 지정학적인 특수성이 낳은 숙명과도 일맥상통하는 것이다. 이런 숙명이 폐쇄적일 때는 배타적인 민족주의가 되지만 개방적일 때는 범인류적인 박애와 희생의 고귀한 정신을 꽃피우게 된다. 포석 조명희는 러시아로 망명하면서 조국의 독립은 물론 무산계급의 해방과 진정한 혁명을 꿈꾸었다. 조철호 시인이 '바람'과 '유목'의 꿈을 꾸며 지구적인 광폭 행보를 보이는 것도 가문에서 이어받은 뼈아픈 숙명이자 우리 민족이 태생적으로 지닌 유목과 농경의 원형적인 상징이 서로 충돌하는 문학적 궤적이라고 할 수 있다.

유목민의 저녁은 그런대로 안정적이고 평화롭다. 가스등이 어둠을 밝히고 마유주를 마시며 하루의 노동을 정리한다. 초원의 풀을 맘껏 먹은 짐승들도 되새김질하면서 휴식을 취한다. 그러나 유목민의 아침은 또 다른 모험의 출발점이 된다. 새로운 생을 향하여 출발하는 설레는 시간이다. 말에 실려 이동하는 해체된 게르ger는 거대한 시계바늘과도 같다. 공간이 시간이 되고 시간이 공간이 되는 하나의 운명적인 시공 속에서 노마드는 정처 없는 길을 떠난다.

시집 『유목민의 아침』은 이러한 운명적인 시간과 공간이 알맞게 어우러져 있는 시적 감성과 시적 담화의 일대 향연장이다. 노마드가 꿈속에서 꿈꾸는 범인류적인 사랑을 형상화하기 위하여 그는 오늘도 시를 쓴다.

눈부신 돋을볕의 상상력

1

나에게 시집 『봄의 시퀀스』(시로여는세상, 2016) 해설을 쓰란다. 지금 눈 어둡고 귀 어두운 내 나이에 해설은 무슨? 이런 생각이 막 들다가도, "부산에서 젤 예쁜" 김다희 시인이 다짜고짜 떼를 쓰는 데야 나는 그만 손을 들었다. 그래, 내 나이가 어때서?

나의 제9시집 『시집보내다』(문학수첩, 2014)에는 아주 이상한 「유작遺作」이라는 시 한 편이 들어 있다. 그걸 읽은 사람들이 아무도 나한테 그 시의 망측한 연유를 묻지 않으니 내 입으로 그 자초지종을 털어놓아야겠다. 그래야지 김다희 시집의 해설을 읽는 독자들의 높은 독해력을 좀 알맞게 낮춰줄 것 같으니 말이다.

몇 년 전에 대전에 사는 황희순 시인이 내가 젊은 날 동인으로 활동했던 '현대시' 동인지를 한 권 보내왔다. 1969년에 나온 21집이었다. 반가워서 얼른 펼쳐보니까 나도 까맣게 잊고 있던 「후니」라는 내 작품이 실려 있었다. 나의 첫 시집에도 못 들어간 작품인데 대학원 다니면서 한창 방황하던 스물다섯 살 때의 작품이었다. 작품이야 지용과 지훈의 죽음의 이미지가 혼재하면서 그냥 겉멋만 부린 치기만만한 것이었지만 그래도 이 작품을 그냥 매장해버리기에는 좀 아까워서 새로 시집을 내면서 '숨겨 논 딸 다희'에게 전언하는 형식으로 인용한 작품이다. 여기서는 그 전언의 부분만 보여주겠다.

"부산에서 젤 예쁜/ 숨겨 논 딸 다희야/ 웬 '유작'?, 하겠네/ 1969년 가을에 나온 '현대시' 21집에 실린/ 「후니」라는 내 작품을 읽어주마/ 첫 시집에도 수록되지 않아/ 하마터면 미공개 유작이 될 뻔한/ 스물다섯 살 청년이 쓴 시야" 이렇게 시작하는 시인데, 마지막 부분에서는 내가 흔히 써먹는 서사적 틀을 활용하였다. "장가들어 아들 딸 낳고/ 동화, 시, 소설로 이름도 좀 날리고/ 문학박사에 대학교수로 잘 먹고 사는/ 생애의 들판은 땅뙘도 못한 채/ 밤낮으로 자살을 꿈꾸던/ 스물다섯 살 때의 작품이야/ 그 시절 남녘으로 무전여행 갔을 때/ 네가 생긴 것 같아"

몇 년 전에 부산시인협회 편집실에서 원고 청탁이 왔는데 그때 전화한 사람이 바로 김다희였다. 이름을 듣고 난 내가 이름이 참 예쁘다고 하면서, 내 딸 해라!고 하니까, 대번에, 그래요, 아빠! 하는 게 아닌가. 아하. 공으로 다 큰 딸이 하나 생겼으니 얼마나 좋은가 말이다. 그 후 이런 저런 인연으로 그가 등단할 때도 내가 징검다리 노릇을 했다. 나한테 숨겨 논 딸이 진짜 있기는 있는 것인지 나도 잘 모르지만 만에 하나 있다면 그 애 이름이 꼭 '다희'일 것 같은 진한 예감이 들었던 것이다.

젊은 날 소설을 많이 썼기 때문일까. 현실과 허구가 종종 뒤엉켜서 나 스스로도 어리둥절해질 때가 많다. 그래서인지 나한테 좀 살갑게 구는 여류 시인들 중에는 내 맘대로 점찍어서 만든 '숨겨 논 딸'이 토성의 위성만큼 꽤 있다. 그러나 당사자들은 나의 꿍꿍이를 아는지 모르는지, 나, 원 참, 나도 잘 모르겠다.

김다희 시인의 시집 원고를 받아서 찬찬히 읽으면서 참 묘한 느낌이 들었다. 몇 년 전에 정일근 시인이 어느 글에선가 '시 아빠', '시 오빠'의 이야기를 쓴 것을 본 적이 있다. 바로 내가 김다희의 시 아빠이고 자기는 시 오빠쯤 되는 촌수라는 걸 은근히 장난삼아서 밝힌 글이었는데, 막상 이번에 시집 원고를 읽으면서, 숨겨 논 딸이, 내가 모르는 세월 동안 어떻게 목숨을 부지했는지, 밥 세끼는 거르지 않았는지, 학교 공부는 다 했는지 등등 내가 지닌 무책임과 몰관습의 천성에 대한 반성이 현실과 허구의 결을 드나들면서 떠오르는 것이었다.

누구한테 시를 배웠는지, 제대로 시를 잉태하고 분만할 줄은 아는지 모르는지, 수십 년 동안 나한테 직접 배운 대학 제자들은 다들 저 잘나서 문학과 인생을 논하면서 서울 복판에서 맹활약을 하고 있는데… 정작 부산에서 홀로 시를 쓰는 외로운 김다희는? 허구와 현실을 넘나드는 야릇한 명상이 시집 원고를 읽는 내내 머릿속에서 떠나지를 않았다.

그동안 시인들이 시집을 내면서 은근히 해설을 부탁하는 경우가 종종 있었지만 나는 바로바로 손사래를 쳐왔다. 왜냐하면 평소에 이른바 시집 해설이라는 우리나라만의 아주 독특한 글꼴이 영 마뜩잖아 보였기 때문이다. 인연 때문에 꼭 써야 하는 경우에는 그냥 나이 핑계대면서 뒤표지의 줄글로 대신하곤 하였다.

그런데 나는 지금 '시집 해설'을 쓰고 있다. 내가 쓰는 글이 영 홍두깨생갈이하듯 서툴기는 하겠지만 독자들이 잘 헤아려 읽으리라 믿는다.

2

김다희 시인의 시를 읽으면서 나는 곧바로 그의 시 세계

속으로 깊이 빠져들었다. 4부로 구성되어 있는 시집은 지금까지 그가 살아온 생애의 일출과 일몰과 안개와 노을이 몽땅 담겨 있었다. 요즘 마구잡이로 작품을 양산하는 자판기 커피 같은 제조품과는 다르게 한 땀 한 땀 정성스럽게 짠 시적 진실과 언어의 묘미가 알뜰하게 상응하고 있었다. 휴! 나는 마음이 놓였다. 미리 걱정을 하면서 읽은 탓인지는 모르나, 등단할 때보다도 아주 성숙해진 시적 어조가 어느새 인생을 관조하면서 멋과 여유를 부리는 고도의 시적 장치가 아주 자연스레 형상화되어 있었다.

1부에 있는 「젓가락의 힘」이나 「고래의 이력」 그리고 「무릎의 아바타」 같은 작품이 보여주는 딴딴한 시적 원형질의 힘은 참말 대단하다. '나와 내 그림자'를 젓가락이 지니는 세상과 소통의 이미지로 읽기도 하고 고래의 힘찬 모습을 바다의 내력을 쓰는 막강한 역사로 파악한다. '고빗사위', '눈비음', '눈거칠다', '이악하다'와 같은 순우리말의 맛깔스러움도 그대로 묻어나고 있다. 시를 쓰되 닳고 닳은 기성의 언어로만 쓰지 않고 사전 속에서 외롭게 잠든 언어를 깨워서 새로운 숨결을 불어넣는 일이야말로 바로 '시인'의 운명이자 숙명이 아니던가.

나와 내 그림자, 팽팽한 철길,

신발처럼 짝을 맞춰 걸어가는

힘들고 고단한 날의 밥상 위에서

젓가락은 좀 더 가까이 다가서라고

다가서서 하나가 되라고 한다

살다보면 나도 누군가의 밑짝이 될 수 있다는 것

젓가락이 가르쳐 주는 힘을 믿기로 한다

-「젓가락의 힘」 부분

파도가 하루를 거두며 눈비음하는데

꾀꾀로 바다의 푸른 정맥만 살피는

너의 이력,

다신 묻지 않겠다

나도 눈거칠고 이악할 때 있었으니

-「고래의 이력」 부분

물이 새는 수도꼭지를 어머니의 아픈 무릎에 비유하면서 '신'과 '원형'에 대하여 사망을 선고하는 시인의 시적 어조가, 딱 시가 지녀야만 하는 알맞은 옥타브로 아주 잘 들려온다. 괜히 목에 힘주면서 심각한 척하는 게 아니라 직관적이고도 가식 없는 시적 진실을 담아내고 있다. 대상이 서로 호응하면서 일으키는 삼투작용이 시적 긴장을 유지하고 있는 것이다.

수도꼭지가 마른 눈물을 보인 건
꽤 오래 전 일이다
철물점 김 씨를 불러
몇 번 수리를 해도
여전히 훌쩍거린다
팔순 앞둔 어머니
무릎에도 물이 샌다
그 누수엔 대책이 없다며
쇠붙이 무릎 끼워넣는다
무릎에 세 든 쇠붙이는
제 무릎이 아니다
하늘 아래 그 무엇도
처음으로 돌아갈 수는 없다
원형은 죽었다
사실 신도 죽었다
우리가 신봉하는 것은
신의 아바타인 것처럼
우리집 수도꼭지든
어머니의 무릎이든
또 다른 아바타로 살고 있다

-「무릎의 아바타」

무를 써는데 가운뎃손가락이

칼 밑을 기웃거린다

반의 반치쯤 물러서도 좋으련만

자꾸 겁 없이 대든다

그 모습이 다섯 남매의 가운데,

나를 보는 것 같다

제일 먼저 대드는 것도 나였고

제일 먼저 눈물 흘리는 것도 나였다

한두 해 터울로 다섯을 둔 어머니

그때마다 이마에 가늘게 썬 무채가

시나브로 시나브로 늘어갔다

살면서 어머니 이마에

눈물 밴 밭고랑을 만들기도 했지만

다섯의 중심을 지탱하는 것도 나였다

어머니의 주름살 속에 숨은

상처 난 내 가운뎃손가락을 본다

내 가운뎃손가락에 남은

상처의 그늘을 본다

-「가운뎃손가락」

가운뎃손가락은 중지中指 또는 제일 길다고 해서 장지長指

라고 부른다. 다섯 남매 가운데 셋째로 자란 시인의 전기적 생애가 고스란히 형상화되어 있다. 무채를 썰다가 칼에 베인 중지의 상처를 보면서 사춘기 소녀의 반항과 나이 들면서 가족의 중심이 되어 세상만사의 그늘을 경험했던 지나간 시간을 반추하면서 "어머니의 주름살 속에 숨은/ 상처 난 내 가운뎃손가락을 본다/ 내 가운뎃손가락에 남은/ 상처의 그늘을 본다"고 시인은 고백한다.

선술집에 앉아 술잔 속에 던진
말의 뼈들을 본다

말의 뼈는 술이 물고 있는 인질

풍덩풍덩,
간혹 스스로 뛰어든 것 있었으나
대부분 내 호기에 걸려 사라진 것들

술잔 기울 때마다
불거지는 뼈의 나선

-「말의 뼈」 부분

그러고 보니 김다희의 작품은 곳곳에 '뼈'가 숨어 있다. 시적 언중유골言中有骨이랄까. 이 '뼈'는 작품의 긴장과 시적 효과의 균형을 유지시켜주는 저울추 같은 역할을 하고 있다. 시치미 떼면서 언어를 가지고 한바탕 춤판을 벌이는 그의 시적 무도詩的 舞蹈가 절실하게 다가온다.

3

2부에는 냉장고, 텔레비전, 휴대폰 등 실생활에서 모티브를 취한 작품들과 그가 지나온 생애의 가파른 순간들이 흑백 사진첩처럼 오밀조밀하게 조합되어 있다. 특히 「마주치다」 같은 작품의 구조는 자칫하면 일종의 잠언이나 선언의 무미건조한 틀에 머물기 쉬운데 시인은 아주 개성적인 시적 상상력을 발휘하며 섬세하면서도 독창적인 시적 효과를 빚어내고 있다.

냉장고 청소하다

비닐을 뚫고 나온

감자의 눈과 마주쳤다

대본의 차례를 기다리다

내 시야에서 오랫동안
암전되었던가 보다
그사이 감자가 나를 향해
도전장을 내민 것이다
감자는 캐스팅 됐다
1초에 수천 가지
스캔하는 내 눈에 걸려
도마 위로 이적됐다
내 속에 쟁여둔 자존심도
비닐 속에서 홀로 쓴
감자의 대본 같을 것이다
혼자 쓰다 힘들면
툭툭 불거지는
감자의 눈
저 독기 푸른 눈

-「마주치다」

"내 속에 쟁여둔 자존심도/ 비닐 속에서 홀로 쓴/ 감자의 대본 같을 것이다"라는 시적 전이의 아름다움은 아주 의외적인 발상이면서도 참신하다. 냉장고 속에서 싹이 튼 감자의 눈에서 시인은 농경사회와 산업사회 그리고 정보화시대를 견디며 살아가는 우리들의 운명을 단순명료하게 그려내고 있는 것이다.

이름 없는 꽃보다
이름 불러 주지 않는 꽃이
더 슬프다
휴대전화에 심었던 꽃
삭제 버튼 하나로
순식간에 사라진
이승에서의 인연
모처럼 가벼워졌다

-「인연을 삭제하다」

"휴대전화에 심었던 꽃/ 삭제 버튼 하나로/ 순식간에 사라진/ 이승에서의 인연/ 모처럼 가벼워졌다"라는 시인의 세계관은 하나의 마술적 상상력에 해당한다. 마술사의 손바닥에서 눈 깜짝할 사이에 비둘기가 날아오르는 것과 같은 찰나적인 시적 변용은 불립문자不立文字 같은 경이로움과 초월성을 동시에 지니는 것이다.

다음의 시를 보면 그는 나의 '딸'이 아니라, 오히려 '누이' 같기도 하고, 한 술 더 떠서 '이모' 같기도 한, 그것도 '서이

모' 같기도 한, 인생의 고비고비를 안돌이지돌이 다 견디며 살아온 한 많은 여인이라도 되는 양 탈persona을 쓰고 있다. 탈춤을 추며 벌이는 허허로운 굿판이 떠오른다.

오래된 사진을 보면 보인다
내가 손톱만한 새싹이었을 때
연분홍 꽃을 피웠을 때
누군가의 그늘이었다는 것을 안다
그럴 때마다
사는 건 잠깐이라며
주술처럼 중얼거려보지만
한 번도 새겨듣지 않았다
내 삶의 널빈지
늘 덜그럭거리고
너름새만 무덕무덕 쌓였다
산다는 것은
내가 누군가의
그늘이 되어야 하는 일
석양이 물들듯
스미는 건 줄 몰랐다
잔가지 툭툭 부러지는 날

옛 사진을 들여다본다

아직도 그 자리에서

푸른 꿈 저리 환하게

나에게 보여주고 있는

세월

-「인생, 흑백사진 같은」

"내 삶의 널빈지/ 늘 덜그럭거리고/ 너름새만 무덕무덕 쌓였다"라는 능청과 헤살을 보라. '널빈지', '너름새', '무덕무덕'과 같은 순우리말의 숨과 결도 시의 품격을 한층 높여주고 있다. 이러한 언어를 찾아내려면 수많은 불면의 밤을 통과해야 하리라.

4

3부에는 시인이 살아가는 일상생활의 소묘가 많다. 그런데「오후 두 시」 같은 작품은 좀 웃기는 시이지만 왜 시가 언어의 매력 또는 마력을 그 바탕으로 해야 하는가를 단정적으로 보여주고 있다. 위트와 유머가 서로 와글와글 북새통을 이루는 작품이다.

시 삽니다

고장난 시 삽니다

시를 쓰는 나를 기웃대며

쩔그렁 쩔그렁

시 장수 지나간다

끌고 가는 리어카에

짝 잃은 행과 지워진 시어들

와글와글 와글와글

짝짓기 하느라

북새통이다

쓰다만 시 삽니다

시 안 되는 시 삽니다

창문 밑에 서서

자꾸 보채는

오후 두 시의

가위소리

-「오후 두 시」

시 장수-고물장수의 가위소리가 들려오는 어느 오후의 풍경이 고스란히 비쳐온다. 고장 난 시, 쓰다가 만 시, 시 안 되는 시를 팔라고 외치는 저 사내는 누구인가. 남장을 하고 나타난 뮤즈 아닐까. 고장 난 시도 내다가 팔고 쓰다가 만 불완전한 시도 속여 팔고 애당초 시도 안 되는 것을 끄적거리며 시인 행세를 하는 시인들을 질타하는 뮤즈의 목소리 아닐까.

「봄의 시퀀스」는 시인의 시 정신을 가늠해볼 수 있는 의미심장한 작품이다.

살바람의 어깨가 닿을 때마다
땅의 눈이 자란다

바람이 빗질한 고랑마다
몸을 낮춘 지난 계절
제 뼈를 깎아내고 있다

저기, 몸 일으키는 소리
그들이 당겨 앉는 소리

가장 낮게 엎드려 있던 어린 것들
가장 큰 소리를 내며 뛰어 온다

더덜뭇한 나도
돈을볕에 서서

아이처럼 환하게 웃고 있다

-「봄의 시퀀스」

시퀀스sequence는 원래 문학의 용어가 아니라 영화나 텔레비전의 구성단위를 말하는 용어인데 요즘은 두루두루 상용되는 말이다. 드라마의 장소와 시간과 사건의 연속성을 통해서 하나의 에피소드를 이루는 것을 말하는데, 단속적인 것이 하나의 연속성을 부여하면서 극적 효과를 증가시키는 고도의 예술적 장치를 뜻하는 말이다. 일종의 동영상이지만 연속성보다는 단절과 비약을 통해서 하나의 숨겨진 스토리를 향하여 핵분열을 일으켜 나가는 역동적인 구조이다. 아버지-어머니의 스토리가 '나'로 이어지면서 또 다른 미래의 '아버지-어머니'의 스토리가 태어나는 것이다.

"가장 낮게 엎드려 있던 어린 것들/ 가장 큰 소리를 내며 뛰어 온다// 더덜뭇한 나도/ 돋을볕에 서서/ 아이처럼 환하게 웃고 있다" 바로 여기에 시인 김다희의 시 정신이 집약되어 있는 것이다. 생명이 약동하는 봄의 연속적인 시퀀스가 파노라마처럼 펼쳐지는 가운데 "아이처럼 환하게 웃는" 시적 화자는 바로 시인의 천진한 프로필과 오버랩되고 있다.

이 작품에서도 시인의 순우리말에 대한 남다른 애정을 만날 수 있다. '살바람', '더덜뭇한', '돋을볕' 같은 말이 풍기는 싱싱한 어감은 이 시를 한층 돋보이게 만들고 있다.

5

4부는 「골목별곡」 연작시의 모음이다. 별곡別曲이란 말은 '별다른 곡'을 의미하는 말일까. 별곡이란 원래 관동별곡이나 서경별곡처럼 우리 고전문학의 독특한 시가로서 한시의 운韻이나 조調가 없는 시가를 일컫는 말인데 요즘은 그냥 두루이름씨로 쓰이고 있다.

그런데 '골목별곡'은 정확히 무슨 내포적 의미를 지니는 것일까. 골목은 집들 사이로 좁은 길을 이룬 공간을 말하는 것인데, 이 연작 형태의 작품들은 어느 동네 골목의 단순한 풍경화가 아니다. 골목에서 벌어지는 온갖 세태들을 전망하는 시적 화자의 시선은 사뭇 문화사적인 거대담론으로 이어지고 있어서 주목된다.

바람이 투구꽃을 흔들자
골목에 하나둘 조등 켜진다

둥글게 웅크리는 불빛,

펄럭이는 만장 뒤를 따라가던 꽃상여
몇 걸음 나갔다가 뒷걸음질치곤 했다

약속된 시간은
아직 찬바람 속에 흔들리는데
누가 몰래 꽃의 뇌관을 건드렸나
상족上簇의 찬란함 속에도
서늘함이 쌓인다

꽃, 흔들린다는 건
별리別離의 수레를 밀고 가는 거
굳게 봉인된 비밀문서 같은 거

-「골목별곡 2—투구꽃」

투구꽃은 미나리아재빗과의 여러해살이풀인데 투구 모양의 자줏빛 꽃을 피운다. '상족上簇의 찬란함'이나 '별리別離의 수레'나 '굳게 봉인된 비밀문서' 같은 이미지는 가녀린 풀꽃 하나가 실은 아득한 인류 문명의 근원을 향하여 던지는 물음의 상징이 되고 있다.

"바람이 투구꽃을 흔들자/ 골목에 하나둘 조등 켜진다"에서 보는 것처럼 골목이 지니는 생生과 사死의 운명적인 대조의 수법도 참신하다. 상족은 막잠에 든 누에를 섶에 올리는 일을 뜻하는 말이다. 이런 속 깊은 우리말을 어떻게 알았을까.

선정에 든 나뭇가지 흔들며
한낮을 지우는 바람

휘청,
각시멧노랑나비 날개
바람의 어깨에 부딪힌다

바람의 눈치 살피며
하루를 마감하는
저 지독한 시간의 오류

길고양이의 붉은 그림자와
꽃 보내고
잎 틔우기 시작한 왕벚나무 눈가에
어루룩더루룩 눈물이 밴다

-「골목별곡 10—한낮을 지우는 바람」

이 작품에서 주목해야 할 것은 마지막 연이다. "길고양이의 붉은 그림자와/ 꽃 보내고/ 잎 틔우기 시작한 왕벚나무 눈가에/ 어루룩더루룩 눈물이 밴다"라는 수사적 기교를 보라. 왕벚나무 눈가에 어루룩더루룩 배는 눈물은 잎과 열매를 틔우기 위한 고통과 환희의 눈물일 것이다. 시인의 일생이 이러한 것이다. '어루룩더루룩'은 어떤 바탕에 다른 빛깔의 점이나 줄 따위가 생기고 연하게 무늬져 있는 모양을 말한다. 작은말은 '아로록다로록'이다. 시적 대상을 아주 세밀하게 관찰하지 않고서는 이러한 시어를 어찌 찾아낼 수 있으랴!

시인 김다희의 첫 시집이 품고 있는 시의 언어와 그 어조와, 야무지게도 살가운 이미지들이 꼭 신방에 들어가는 수줍은 신부의 두 볼처럼 이렇게 고울 줄은 차마 몰랐다. 순우리말을 찾아내어 생명을 불어넣느라고 밤을 지새운 그대에게, 뮤즈의 축복 있을진저!

* 소묘와 대화

서정과 서사, 그 느리고 빠른 결합

이숭원(평론가)

1

천하의 독재자가 나타나 시인 오탁번의 대표작을 딱 한 편만 고르라고 들이대면, 나는 다음과 같은 시를 내보일 것이다.

원주고교 2학년 겨울, 라라를 처음 만났다. 눈 덮인 치악산을 한참 바라다보았다.

7년이 지난 2월달 아침, 나의 천장에서 겨울바람이 달려가고 대한극장 2층 나열 14에서 라라를 다시 만났다.

다음 날, 서울역에 나가 나의 내부를 달려가는 겨울바람을 전송하고 돌아와 『고려가요어석연구』를 읽었다.

형언할 수 없는 꿈을 꾸게 만드는 바람 소리에 깨어난 아침,
차녀를 낳았다는 누님의 해산 소식을 들었다.

라라, 그 보잘것없는 계집이 돌리는 겨울 풍차 소리에 나의
아침은 무너져 내렸다. 라라여, 본능의 바람이여, 아름다움이여.

-「라라에 관하여」

이 시는 그의 첫 시집 『아침의 예언』(조광, 1973)에 들어 있다. 1967년 중앙일보 신춘문예에 「순은이 빛나는 이 아침에」가 당선된 후 1968년에 참여한 '현대시' 동인지에 발표한 작품이라고 한다. 첫 연에 나오는 "라라"는 보리스 파스테르나크의 소설 「닥터 지바고」에 나오는 여주인공 이름이다. 예민하고 정직한 의사 지바고와 슬프고도 아름다운 사랑을 나누는 여인이 라라다. 이 작품이 1958년 노벨문학상을 받자 우리나라에서도 즉시로 번역본이 출판되었다. 시인이 이 소설을 읽은 것은 원주고등학교 2학년 겨울로 되어 있다. 연도로는 1961년 12월이거나 1962년 1월일 것이다. 러시아 혁명기를 배경으로 펼쳐진 기구한 사랑에 조숙한 학생 문사는 깊은 감동을 받았을 것이다. 그래서 러시아의 설원 대신 눈 덮인 치악산을 망연히 바라보았던 것이다.

대학에 진학한 그는 서울의 대한극장에서 영화 「닥터 지바

고」를 보았다. 극장표를 보관해두었는지 좌석 번호까지 정확히 썼다. 「닥터 지바고」가 영화로 제작된 것은 1965년이고 우리나라의 70밀리 전용 상영관인 대한극장에서 상영된 것은 1968년 12월 하순이다. 2월이라는 시간의 기억이 맞는다면(극장표가 있으니까) 1969년 2월 대학원 입학을 앞두고 이 영화를 보았을 것이다. 그때 사귀던 여자와 함께 보면서 지바고와 라라의 사랑을 실제의 상황으로 환치하고 싶었을 것이다. 그러므로 두 번째 연의 "라라"는 연애하던 여학생 아무개의 비유다. 다음 날 서울역에서 그 여학생을 배웅했으니 "나의 내부를 달려가는 겨울바람"이 그 여인이고, "형언할 수 없는 꿈을 꾸게 만드는 바람 소리" 역시 그녀이며, "그 보잘것없는 계집" 또한 그녀이다. 이 시를 관통하는 포인트는 "본능의 바람"이다.

이 시가 멋진 것은 환상과 현실을 교차하는 상상력의 유연함과 날렵함 때문이다. 라라와 눈 덮인 치악산의 환상은 7년 후 천장을 스쳐가는 겨울바람의 환상으로 변형되면서 "대한극장 2층 나열 14"라는 구체적이고 현실적인 장소로 연결된다. 라라의 환상이 라라의 현실로 변형되는 것이다.

다음 날 그가 전송한 것은 "나의 내부를 달려가는 겨울바람"이라는 몽상의 대상인데 돌아와 그가 읽은 것은 『고려가요어석연구』라는 구체적인 서적이다. 이 책이 고려가요를 외설적인 본능 표현의 노래로 해석했다는 시인의 의견은 참고 사항일 뿐이다. 러시아 혁명기의 사랑과 죽음을 다룬 대서사 로망의 매력적인 주인공 라라. 모리스 자르의 음악 '라라의 테마'로 더 애절하게 다가오는 금발의 러시아 미녀 라라. 그녀의 환상이 불러일으키는 격정의 바람을 달래는 길은 식민지시대도 조선시대도 아닌 저 옛날 고릿적 고려시대의 가요를 어학적으로 주석한 국어학자 박병채 교수의 『고려가요어석연구』를 읽는 일이다. 이 상상력의 전환은 돌발적이면서도 치밀하고 날렵하면서 유쾌하다.

그러나 몽상의 힘은 강한 것. 천장을 달리는 겨울바람은 그에게 밤마다 몇 번씩 형언할 수 없는 꿈을 꾸게 했으리라. 시시때때로 "불끈불끈 차일을 치"(「차일」)게 한, 라라에 관한 그 비밀스러운 꿈을 어떻게 말로 형용할 수 있겠는가? 그러나 그 본능의 갈망이 일으킨 환상은 "차녀를 낳았다는 누님의 해산 소식"에 접하면서 현실적 윤리의식을 획득한다. 여기에는 또한 자신도 불같은 사랑으로 사랑의 결실을 출산하고 싶은 본능적 욕망이 숨어 있다.

이러한 환상 다음에, 무너지는 아침의 이미지와 본능의 바람이 일으키는 처절한 아름다움이 배치된 것은 지극히 자연스럽다. 불같은 사랑은 잠시도 쉬지 않고 생의 차일을 치게 하지만, 그 대가로 밤새도록 몽상에 시달리게 하고 달리는 바람의 풍차에 천장이 날아가고 종국에는 처절히 무너져 내리는 아침을 맞게 하는 것이다. 격정의 사랑을 사실적이면서도 몽환적인 이미지로 표현한 이 작품을 오탁번 시인의 대표작으로 제시하고 약간의 설명을 곁들이면 그 독재자도 머리를 끄덕일 것이다.

2

만약 독재자가 나이가 많아 젊음의 사랑보다 원숙한 체험을 원하는 사람이라면 나는 다시 다음의 작품을 대표작으로 내보일 것이다.

1

하늘과 땅 사이가 너무 가까워 장백소나무 종비나무 자작나무 우거진 원시림 헤치고 백두산 천지에 오르는 순례의 한나절에 내 발길 내딛을 자리는 아예 없다 사스레나무도 바람에 넘어져 흰 살결이 시리고 자잘한 산꽃들이 하늘 가까이 기어가다 가까스로 뿌리내린다 속손톱만한 하양 물매화 나비날개인 듯 바람결에 날아가는 노랑 애기금매화 새색시의 연지빛 곤지처럼 수줍게 피어있는 두메자운이 나의 눈망울 따라 야린 볼 붉히며 눈썹 날린다 무리를 지어 하늘 위로 고사리 손길 흔드는 산미나리아재비 구름국화 산매발톱도 이제 더 가까이 갈 수 없는 백두산 산마루를 나 홀로 이마에 받들면서 드센 바람 속으로 죄지은 듯 숨죽이며 발걸음 옮긴다

2

솟구쳐오른 백두산 멧부리들이 온 뉘 동안 감싸안은 드넓은 천지가 눈앞에 나타나는 눈깜박할 사이 그 자리에서 나는 그냥 숨이 막힌다 하늘로 날아오르려는 백두산 그리메가 하늘보다 더 푸른 천지에 넉넉한 깃을 드리우고 메꽃은 우레소리 지나간 여름 한나절 아득한 옛 하늘이 내려와 머문 천지 앞에서 내 작은 몸뚱이는 한꺼번에 자취도 없다 내 어린 볼기에 푸른 손자국 남겨 첫울음 울게 한 어머니의 어머니 쑥냄새 마늘냄새 삼베적삼 서늘한 손길로 손님이 든 내 뜨거운 이마 짚어주던 할머니의 할머니가 백두산 천지 앞에 무릎 꿇은 나를 하늘눈 뜨고 바라본다 백두산 멧부리가 누리의 첫 새벽 할아버지의 흰 나룻처럼 어렵고 두렵다

3

하늘과 땅 사이는 애초부터 없었다는 듯 천지가 그대로 하늘이 되고 구름결이 되어 백두산 산허리마다 까마득하게 푸른 하

늘 구름바다 거느린다 화산암 돌가루가 하늘 아래로 자꾸만 부스러져 내리는 백두산 천지의 낭떠러지 위에서 나도 자잘한 꽃잎이 되어 아스라한 하늘 속으로 흩어져 날아간다 아기집에서 갓 태어난 아기처럼 혼자 울지도 젖을 빨지도 못한다 온 가람 즈믄 뫼 비롯하는 백두산 그 하늘에 올라 마침내 바로 서지도 못하고 젖배 곯아 젖니도 제때 나지 못할 내 운명이 새삼 두려워 백두산 흰 멧부리 우러르며 얼음빛 푸른 천지 앞에 숨결도 잊은 채 무릎 꿇는다

-「백두산 천지」

이 시는 누구라도 한번은 써보고 싶은 내용과 형식과 주제를 고루 갖추고 있다. 좋은 시는 천부의 재능과 함께 부단한 노력에 의해 창조된다는 사실도 알려주는 작품이다. 민족의 영산인 백두산, 그리고 그 정점에 자리 잡은 천지. 민족 신화의 산실에 해당하는 이 성전을 시로 표현하고 싶은 욕망은 시인이라면 누구나 가질 것이다. 오탁번은 백두산 천지를 상징의 표상으로 삼아 민족적 상상력과 신화적 상상력을 최대로 발휘하여 역사에 남을 산문시를 창작했다. 창작에 필요한 신화적 상상력의 시적 감도를 높이기 위해 고어와 방언, 자신의 신조어를 다채롭게 활용하여 경이로운 언어의 광맥을 펼쳐보였다.

민족의 혈맥이 담긴 공간의 신성성만이 아니라 사실성을 복원하기 위해 식물도감과 국어사전을 깊고 넓게 열람하여 고유어의 이름과 야생식물의 생태를 정확히 파악하는 노력을 보였다. 이 시는 고심과 탐구의 작품이며 사색과 연구의 소산이다. 그런 과정을 거쳐 시적 대상과 시어가 혼융을 이룬 명작이 탄생한 것이다.

이 시의 도입부부터 연이어 등장하는 온갖 수목과 야생화의 이름을 구체적으로 제시한 이유는 이 수목과 야생초화들이 바로 백두산의 주인으로 성지를 순례하는 사람을 맞이하는 주체라는 점을 확실히 드러내기 위함이다. 백두산 정상에 이르자 풀꽃들도 모습을 감추고, 오직 "죄지은 듯 숨죽이며 발걸음 옮"기는 시인의 모습만 제시된다. 그리고 백두산 천지가 그 숭엄한 모습을 드러낸다. 시인은 무량한 세월 동안 변함없이 하늘을 비추며 이어져온 천지의 영원무궁을 떠올리자 자신의 육신이 자취도 없이 사라지는 것을 느낀다. 이 느낌이 없다면 백두산 천지를 제대로 본 것이 아니리라.

시인의 역사적 상상력은 태초의 시원에서 동아시아의 역사 전개로 이어진다. 그러면서 앞에서 잠시 암시되었던 죄의식이 더욱 선명한 형태로 나타난다. 자취도 없이 사라진 시인의 육신은 천지의 하늘에 탯줄을 달고 새로 태어난 아이의 모습으로 전환된다. 천지는 민족의 젖줄이자 아기집인 것이다. 그것은 이름 그대로 하늘 그 자체인 못이다. 그러나 그 하늘에서 새로 태어난 아이는 혼자 울지도 젖을 빨지도 못한다. 그 아이는 시인의 상상의 소산일 뿐 백두와 천지에 삶의 뿌리를 드리운 진정한 아기가 아니기 때문이다. 진정한 천지의 아기가 되려면 쑥냄새 마늘냄새 가득한 할머니의 손길과 세상의 첫 새벽을 연 할아버지의 수염이 우리에게 육화되어 있어야 한다. 그것이 우리의 피와 살에 녹아 있어야 한다.

그러나 우리들은 과연 그렇다고 말할 자격이 있는가? 우리가 뿌리를 잃고 살아온 세월이 도대체 얼마인가? 어머니의 젖줄을 잃고 헤맨 것이 무릇 얼마 동안인가? 일인당 국민소득이 얼마라느니 세계 몇 위의 경제대국이 되었다느니 아무리 떠들어도 민족의 정기를 상실한 민족은 젖배 곯은 아기처럼 젖니도 나지 않는 영양실조에 걸리고 마는 것이다.

자신의 위상을 새롭게 인식한 시인은 백두산 푸른 천지 앞에 엎드려 참회하듯 무릎 꿇는다. 온 길도 멀지만 갈 길도 먼 백두산 천지 위에서 시인의 비통한 참회는 좀처럼 끝이 나지 않았을 것이다. 시인은 백두산에서 가졌던 참회와 속죄 의식의 한 방편으로 이 시를 썼으리라. 여행에서 돌아온 그는 여러 권의 사전과 식물도감을 펼쳐놓고 밤잠을 설치는 공부를 하며 이 한 편의 시를 완성했을 것이다. 그것이 바로 백두산 위에서의 무릎 꿇음, 그 참회의 길이었다. 그리하여 웅변적 진실이 담긴 한 편의 시가 오롯이 탄생했다. 우리 시대에 창조된 이 귀중한 문화유산 앞에 천하의 독재자라도 머리를 숙일 수밖에 없을 것이다.

3

이러한 내력을 지닌 오탁번 시인이 이번에 신작시 두 편과 근작시 세 편을 묶어 특집을 마련하였다.

지난 세밑에
원서헌에서 초등학교 동창회를 했다
다늙은이들 열댓 명이 모여
염소 전골에 소주를 과하게 마셨다
혀 꼬부라진 소리로
흘러간 노래도 부르고
얘! 쟤! 하며
60년 전 초등학생으로 순간이동도 했다
잎 다 진 나뭇가지 바람에 울듯
다들 알딸딸해졌을 때
방학리에서 과수원을 하는 허남천이가

내 손을 톡 치며 말했다

—고마워!

원서헌에서 인터뷰하는 나를

얼마 전에 TV에서 봤단다

—고맙고 말고지!

나는 술이 확 깼다

사과가 탐스러운 그의 과수원을 보면서

나는 좁쌀만큼이라도

고맙다는 생각을 했던가

그날 동창회비가 3만 원인데

10만 원 희떱게 내면서

우쭐한 나는

-「동창회」

근작시 중 「동창회」는 원서헌에 거주하며 고향 친구들을 만나는 일상을 소재로 쓴 시다. 이런 유형의 작품은 시집 『우리 동네』(시안, 2010)에 여러 편 보인다. 서울에서 교수로 정년퇴직을 하고 내려온 시인이지만 그 옛날 고향의 친구들은 직업이나 취향의 거리감 없이 소년 시절의 다정한 친구로 시인을 대한다. 그들에 대한 정겨움과 고마움을 표현한 「낚시」, 「그렇지 뭐」, 「블랙홀」, 「동치미」, 「초등학교 동창회」 등의 계보를 잇는 시다.

「벼」와 「꾀」는 느림의 사상을 표현한 시다. 「꾀」는 "우리는 너무 빨리 이별을 하고/ 너무 빨리 사랑을 하네"라는 구절이 나와 있어서 느림의 미학이라는 것을 금방 알 수 있지만 「벼」도 느림의 사상을 담은 작품이라고 하는 데에는 약간의 설명이 필요하다.

지난 초여름
서산 갔을 때 만난
윤문자 시인이
십년 동안 남편 병 수발한 이야기를 했다
— 쓰러진 벼 일으켜 세우듯 했지라우
지난 늦가을
고산 유적지를 찾아 해남 갔을 때
박건한 시인이 말했다
— 여기는 해남 윤씨 못자리 해 놨당께

모가 쑥쑥 자라는 못자리도
한 모숨 한 모숨 모내기한 논도
잘된 집안의 족보처럼
위아래 가로세로 반듯하다

소낙비와 뙤약볕이 번갈아 들면
논도랑 미꾸리도 살이 오르고
잘 여문 벼이삭이
서로서로 볼을 비비며
메뚜기 수염에 간지러워 깔깔 웃는다
어린놈 입에 밥 들어가듯
마른 논에 물 들어가듯
좋아 좋아 다 좋아
허아비도 갈바람에 덩실춤을 춘다

-「벼」

우리는 너무 빨리 사랑을 하고
너무 빨리 이별을 하네
논꼬 보러가는 늙은 농부처럼
미꾸리 잡아먹던 두루미가
문득 심심해져서
뉘엿뉘엿 날아가는 것처럼
사랑하고 이별할 수 있다면!
솔개가 병아리 채가는 것처럼
쏜살같이 빠르게는 말고
능구렁이가 호박넌출 속으로 숨듯

허아비 어깨에 그림자 지듯
느려터지게는 말고 그냥 느리게

한평생이라야
구두끈 매는 것보다 더 금방인데
우리는 너무 빨리 이별을 하고
너무 빨리 사랑을 하네
이메일 메시지야
한 손가락으로 단숨에 지울 수 있지만
수많은 새벽과 노을녘은
눈썹처럼 점점 또렷해지는데
메뚜기떼 호드득호드득 뛰는
고래실 고마운 논배미를
무심히 바라보는 것이
꾀 중에서는 제일인데 말이지

-「꾀」

「꾀」에는 "메뚜기떼 호드득호드득 뛰는/ 고래실 고마운 논배미를/ 무심히 바라보는 것이/ 꾀 중에서는 제일인데 말이지"라는 구절이 나온다. 그리고 「벼」에는 십년 동안 남편 병수발한 여인이 "쓰러진 벼 일으켜 세우듯 했지라우"라고 말하는 장면이 나온다. 농사 중에 우리나라의 벼농사처럼 느려터진 농사도 없을 것이다.

남방 지역의 벼농사는 일 년에 이모작 삼모작을 한다. 늪지에 볍씨만 뿌려놓으면 벼가 금방 자라 수확을 하고 수확한 자리에 또 씨를 뿌리면 다시 자라 또 수확을 한다. 그러나 우리는 일 년 내내 벼농사를 짓는다. 가을에 수확한 벼에서 볍씨로 쓸 것을 잘 건사해서 말려 겨우내 보관한 다음 봄이 오면 못자리에 볍씨를 뿌린다. 못자리에서 모가 자라 뿌리를 내리면 모를 논으로 "한 모숨 한 모숨" 옮겨 심는다. "잘된 집안의 족보처럼/ 위아래 가로세로 반듯"하게 옮겨 심으면 "소낙비와 뙤약볕이 번갈아 들"고 사이사이 김을 매주면 잘 여문 벼이삭이 서로서로 볼을 부비고, 가을바람을 맞으며 가을걷이를 한다. 올벼와 늦벼를 다 거두면 어느덧 추석이 지나 한 해가 저문다. "허아비도 갈바람에 덩실춤을" 추지만 농사꾼은 일 년을 바쳐 벼농사를 짓는 것이다. 벼농사야말로 느림의 사상이 잘 반영된 농사라 하겠다. 그러니 빛의 속도로 이동한다는 LTE WARP의 시대에 벼농사를 짓는 사람이 몇이나 남아 있겠는가?

4

신작시 「느린 우체통」은 한 손가락으로 단숨에 써서 빛의 속도로 보내는 이메일이 아니라 종이에 써서 일 년 후에 배달하는 행사용 우체통을 소재로 하여 느림의 사상을 이야기하고 있다. 모든 것이 빛의 속도로 변하는 세상이니 일 년 후에 배달하면 편지를 쓴 사람과 받는 사람의 처지가 많이 달라져 있을 것이다.

2009년 9월에 만든
영종대교 느린 우체통에는
4만 6400통의 편지가 모였다
편지를 부치면
1년 후에 배달해주는
느린 우체통은
빛깔도 크기도 다 다르다
슬로 시티 전남 완도군 청산도 범바위
경남 거제시 경남 해양파크
북악 스카이웨이 팔각정 느린 우체통에도
1년이 지나야 배달되는
편지가 쌓여간다

우체통을 가득 채운 편지들이

1년 후를 기다리며

오밀조밀 잠을 자고 있다

사랑하는 사람을 찾아

두루미 날아가듯 느릿느릿

편지들이 배달된다

옥수수수염에 간지럼 먹고

녈비에 우표가 좀 젖겠지만

된비알 뙤약볕처럼 빛나는

편지 한 장이여

쉬엄쉬엄 날아가는

느린 사랑이여

-「느린 우체통」

광속의 시대에 느린 우체통이 오히려 인기가 있는지 5만 통에 육박하는 편지가 모였다고 한다. 시인은 "사랑하는 사람을 찾아/ 두루미 날아가듯 느릿느릿" 배달되는 편지에 묘미를 느낀다. '두루미'는 어떤 새인가? 영어로는 'red-crowned crane'이라고 하고 한자문화권에서는 단정학丹頂鶴이라고 했다. 목이 길고 날개가 큰 새면 다 두루미가 아니라 머리 꼭대기에 붉은 피부가 드러나야 두루미다. 세계에서 공통으로 지정한 멸종 위기동물 제1호에 해당하는 새다. 1년 후에 배달되는 느린 우체통이 처음에는 관심을 끌지만 시간이 가면 두루미처럼 멸종 대상이 될 것이라는 무의식이 두루미의 비유를 이끌어냈는지 모른다.

신작시 「시인과 소설가」는 김동리와 서정주의 청년 시절, 김동리도 시를 쓰던 '시인부락'(1936~1937) 시절을 배경으로 했다. 인구에 회자되는 단순한 이야기를 절절한 시로 바꾸는 솜씨는 「굴비」, 「폭설」 등의 시에 이미 그 진미가 드러난 바 있다.

어느 날 거나하게 취한 김동리가
서정주를 찾아가서
시를 한 편 썼다고 했다
시인은 뱁새눈을 뜨고 쳐다봤다
— 어디 한번 보세나
김동리는 적어오진 않았다면서
한번 읊어보겠다고 했다
시인은 턱을 괴고 눈을 감았다

— 꽃이 피면 벙어리도 우는 것을…
다 읊기도 전에

시인은 무릎을 탁 쳤다

— 기가 막히다! 절창이네 그랴!

꽃이 피면 벙어리도 운단 말이제?

소설가가 헛기침을 했다

— '꽃이 피면'이 아니라, '꼬집히면'이라네!

시인은 마늘쫑처럼 꼬부장하니 웃었다

— 꼬집히면 벙어리도 운다고?

예끼! 이 사람! 소설이나 쓰소

대추알처럼 취한 소설가가

상고머리를 갸우뚱했다

— 와? 시가 안 됐노?

그 순간

시간이 딱 멈췄다

1930년대 현대문학사 한쪽이

막 형성되는 순간인 줄은 땅띔도 못하고

시인과 소설가는

밤샘을 하며

코가 비뚤어졌다

찰람찰람 술잔이 넘쳤다

-「시인과 소설가」

「시인과 소설가」에서 시적인 묘미를 안겨주는 대목은 감정이 담긴 사람의 표정을 교묘한 묘사어로 표현하는 장면이다. 일급의 소설을 쓴 오탁번 시인인지라 소설적 묘사에도 두각을 나타낸다. "시인은 뱁새눈을 뜨고 쳐다봤다", "시인은 마늘쫑처럼 꼬부장하니 웃었다", "대추알처럼 취한 소설가가/상고머리를 갸우뚱했다" 같은 대목은 소설적 구성력을 시험해보지 못한 사람은 만들어낼 수 없는 묘사다. 소설과 시를 넘나드는 표현의 묘미를 보여주는 대목이다. 김동리와 서정주는 이 사건을 계기로 소설과 시로 갈라섰지만 오탁번은 일급의 소설과 시를 다 썼으니 마늘쫑처럼 꼬부장하니 웃을 일도 없고 상고머리를 갸우뚱거릴 일도 없다.

5

오탁번의 소설적 상상력은 시속의 음담을 고귀한 부부애로 승화시킨「굴비」에서 절묘하게 구사된 바 있다. 이것은 그가 생의 단면을 표피적으로 바라보지 않고 그 속에 일어나는 인간관계를 깊이 통찰하는 데서 이룩된다. 그러한 서정과 서사의 결합 속에 "소쩍새가 목이 쉬는 새벽녘까지" 가난한 부부가 수수방아를 찧고 "계집을 끌어안고 목이 메"는, 목이 쉬고 목이 메는 사랑, 생의 아픔과 슬픔을 삭이는 사랑이 표현될 수 있는 것이다.

삶의 실상을 이해하는 독재자가 나와 오탁번의 대표작을 고르라고 하면 나는 주저 없이 다음 작품을 천거할 것이다.

수수밭 김매던 계집이 솔개그늘에서 쉬고 있는데
마침 굴비 장수가 지나갔다
— 굴비 사려, 굴비! 아주머니, 굴비 사요
— 사고 싶어도 돈이 없어요
메기수염을 한 굴비 장수는
뙤약볕 들녘을 휘 둘러보았다
— 그거 한 번 하면 한 마리 주겠소
가난한 계집은 잠시 생각에 잠겼다
품 팔러 간 사내의 얼굴이 떠올랐다

저녁 밥상에 굴비 한 마리가 올랐다
— 웬 굴비여?
계집은 수수밭 고랑에서 굴비 잡은 이야기를 했다
사내는 굴비를 맛있게 먹고 나서 말했다
— 앞으로는 절대 하지 마!
수수밭 이랑에는 수수 이삭 아직 패지도 않았지만

소쩍새가 목이 쉬는 새벽녘까지
사내와 계집은
풍년을 기원하며 수수방아를 찧었다

며칠 후 굴비 장수가 다시 마을에 나타났다
그날 저녁 밥상에 굴비 한 마리가 또 올랐다
— 또 웬 굴비여?
계집이 굴비를 발려주며 말했다
— 앞으로는 안 했어요
사내는 계집을 끌어안고 목이 메었다
개똥벌레들이 밤새도록
사랑의 등 깜박이며 날아다니고
베짱이들도 밤이슬 마시며 노래 불렀다

-「굴비」

(『시와 표현』, 2012. 가을)

저녁연기처럼 퍼지는 노래

김정임(시인)

시인을 찾아간 날은 눈 소식이 예고된, 한 해가 조용히 저물어가는 연말이었다. 서울에서 출발한 차는 영동고속도로 여주휴게소를 지나 중부내륙고속도로로 방향을 꺾어 첫 번째 나들목인 감곡에서 빠져나와 38번 국도로 접어들어 눈 덮인 겨울길을 달렸다. 하늘엔 회색빛 구름이 덮여 있었다.

천등산 다릿재 터널을 지나자 '백운'이라는 이정표가 나왔다. 제천시 백운면은 박달재와 천등산 사이에 있는 충청북도 북부에 위치한 농촌 마을이다. 겨울눈이 그대로 쌓인 숲과 강을 끼고 하얀 풍경이 하염없이 펼쳐진 길을 달리며 창을 열고 시인이 숨 쉬었을 청정한 공기를 가슴 깊숙이 들이마셨다. 박달재 못미처 백운에서 '애련리' 이정표를 따라 강을 끼고 영화 '박하사탕 촬영지' 표지판을 보며 남쪽으로 10여 킬로 달리자 '원서문학관'이 길옆에 바로 나타났다.

문학관 앞에는 온갖 풍설을 받아들이며 꿋꿋이 버틴 수령

350년 된 느티나무가 서 있고, 문학관 지붕 연통에선 흰 연기가 뿜어져 나오고 있었다. 시인이 우리를 위해서 지핀 난로의 장작이 타는 연기이리라. 라라를 사랑한, 오마 샤리프와 큰 눈이 닮은 시인이 털모자를 눌러 쓰고 스웨터를 입은 간편한 옷차림으로 반갑게 맞이해주셨다.

근황을 묻는 것으로 말문을 열었다.

● 요즘 어떻게 지내십니까. 지난 2년 동안 한국시인협회 회장을 하시느라고 수고가 많으셨지요? 또 올해 은관문화훈장도 받으셨잖아요.

— 네. 2008년 8월에 고려대에서 정년퇴임을 했어요. 30년도 넘게 교수를 하다가 퇴임을 하니까 갑자기 이 세상 모든 시간이 몽땅 내 거 같은 생각이 들어요. 그해 4월부터 지난 3월까지는 한국시인협회 회장을 하느라고 아주 바빴습니다. 내 평생 무슨 일을 맡아서 그렇게 열심히 한 것이 처음인 것 같습니다. 무슨 일이나 금방 싫증을 내는 성격인데 시인협회장을 하면서는 그렇게 되지 않더군요. 국보사랑 시운동을 비롯해서 회원들의 협조 아래 여러 가지 사업을 펼쳤습니다.

은관문화훈장은 분외의 명예를 받은 셈이지요.

요즘은 아주 한가합니다. 밥 먹고 잠자고 산책하고 책 읽고 글 쓰는 일을 이어가고 있습니다. 심혈관이 안 좋아서 병원에도 다니고요.

● 태어나고 자란 고향에 와 계시니 참 행복해 보이시는데요. 원서문학관은 이제 명소가 되었지요? 이렇게 이름 지으신 이유가 있으신지요.

— 백운면의 조선시대 지명이 원서遠西예요. 옛 고유지명을 되살려 '원서문학관'으로 지은 것이지요.

'원서'라는 옛 지명의 숨은 뜻이 아주 그윽해요. 서쪽은 해가 지는 소멸의 뜻도 있지만 동시에 해가 뜨는 생성의 최초가 되잖아요. 서쪽은 소멸이자 동시에 생명의 첫 출발점이 되기도 하지요. 문학관 입구에 있는 원서헌遠西軒 현판은 초정 김상옥 선생이 쓴 거고, 잘 생긴 돌에 새겨 세운 간판석의 '원서문학관' 글자는 동국정운에서 집자해서 만들었어요. 그래서 배울 학學의 '학'은 쌍히읗으로 됐어요.

● 원서문학관은 우리 문학의 산실로, 유산으로 소중히 남게 될 것이라 생각됩니다. 이곳에서 열리는 행사 소개 부탁드립니다.

— 여기가 바로 내가 다닌 백운국민학교의 애련분교愛蓮分校예요. 사람들은 '애련'을 자꾸 애련哀憐이라고 생각하나 봅니다. 조그만 분교가 자극하는 이미지가 애처롭고 가련해서겠지요. 그러니까 나는 지금 내 모교의 한 구석에 와 있는 셈이지요. 무슨 거창한 문학관을 짓고 문화운동을 하는 게 아

니라 그냥 고향에 돌아온 것이지요. 고향에 전원주택 짓고 귀향한 것이 아니라, 내가 다닌 초등학교의 분교로 스스로 무자격 교사 발령을 내어 낙향한 거예요. 올해는 비가 새는 지붕을 손보고 정원 공사를 다시 하는 바람에 별다른 행사를 하지 못했어요.

봄에는 야생화를 노래한 시 낭송회를 열고 가을에는 시의 축제로 시 낭송과 세미나를 정기적으로 개최하기도 했어요. 여름방학 때는 초등학교 어린이를 대상으로 어린이 시인학교를 개설하여, 시인들이 1주일 동안 자원봉사 해주곤 했어요. 몇 년 동안 문화예술위원회에서 행사비를 지원해주었는데 재작년부터 지원금이 중단되었어요. 그래서 지금 어떻게 활성화시킬 것인가 궁리하고 있지요. 아까 명소라고 했는데 그건 괜한 과찬의 말입니다.

여기는 어느 시인의 이름을 따서 그를 기념하는 문학관이 아니라, 시인들이 서로 만나서 문학과 인생을 이야기하며 자연을 즐길 수 있는 곳이지요. 여기는 지금도 제비가 날아오고 반딧불이가 삽니다. 강에는 수달이 있고요. 그래서 나는 이것을 애련삼절이라고 한답니다.

● 문학관 현관 오른쪽 화강석 기단 위에 청동으로 부조된 어머니의 조상彫像을 보았습니다. 지금 이 교실의 서가 위에서도 내려다보고 계시고요. “부지깽이로 아궁이 이맛돌을 톡

톡 때리시던" 어머니와 "나를 찾아 사방으로 흩어지면서 논두렁 밭두렁을 넘어와서 어머니의 근심을 전해 주던 바로 그 저녁연기" 같으신 어머니. 불가해한 애정의 밑바탕에 계신 어머니와 마음 교류가 무척 남다르셨던 거 같아요.

— 2004년 가을 제막식 때는 우리 형제들과 초등학교 동창생까지 모두 모여 절을 했지요. 우리 형제가 4남 1녀인데 내가 막내예요. 아버지는 내가 세 살 때 돌아가셨고요. 초등학교 동창들이 와서 어머니의 조상을 보면서 "우리 동네 큰어머니셨다."고 입을 모아 말했어요. 대모大母인 셈이었지요. 누구나 그렇겠지만 내 어머니에 대한 회상은 끝이 없어요. 돌아가신 지 32년 되었어도 어머니와 나는 지금도 텔레파시가 통하고 있어요. 중요한 일을 결정할 때면 어머니께 꼭 여쭈어보지요. 어머니께서 '그래라' 하시면 나는 좌고우면하지 않고 밀고 나가요.

초등학교 2학년 때 어머니는 날 앉혀놓고 "이 학교를 세울 때 지관이 여기에 학교를 세우면 여기서 공부한 사람 중에 큰 인물이 난다고 했다는데 그게 바로 너야." 이렇게 말씀하셨어요. 지관들이 다 그런 식으로 말하잖아요. 지관이 정말 그렇게 말했는지 막내아들에게 꿈을 심어주려는 어머니의 소망이 만들어낸 허구인지는 모르겠지만 어릴 때부터 그 말을 기억하고 있었다는 게 참 이상한 일이지요.

몇 년 전에 백운초등학교가 개교 백 주년을 맞았습니다. 그래서 발전기금도 좀 냈고 백 주년 기념시도 내가 썼어요. 행사 때 그 시를 읽으면서 어머니의 말씀이 떠올라 숙연해지더군요.

우리 어머니 얘기를 하자면 끝이 없어요. 내가 만 서른다섯 살이던 1978년 가을에 고려대 사범대학 조교수로 왔어요. 그전에 육군사관학교와 수도여사대에서 전임강사를 했어요. 이제 모교로 오게 됐으니 어머니께 진짜 효도를 잘하려고 맘먹었는데, 글쎄 그 이듬해 봄에 돌아가셨어요. 우리 어머니 복이 거기까지였나 봐요. 하늘이 무너진 것 같았지요. 길 가다가도 머리 흰 안노인이 보이면 어머닌가 싶어 막 달려가다가 울고, 강의 도중에도 어머니 생각이 북받쳐 오르면 그냥 강의실을 나와버렸어요.

아내나 자식들도 눈에 안 보였어요. 방황도 무척 많이 했지요. 제 아내와 사이좋게 지내는 친구들 보면 자기 어머니는 소홀히 대접하고 그러던데, 나는 그렇지 않았어요. 언제나 어머니가 최우선이었지요.

어머니는 학교도 안 나오신 분인데 글을 다 아셔서 내가 초등학교 다닐 때 사친회장도 했어요. 군대 간 동네 아들들이 보내는 편지는 어머니가 다 읽어주고 답장도 다 써주었지요. 마을 사람들이 거지반 문맹이었거든요. 장화홍련전이나 심청전 필사본을 너무 잘 읽으셨고요. 나에게도 밤이면 별별 야릇한 옛날이야기를 참 많이 해주셨어요. 천하의 잠꾸러기가 잠을 자는데 코 고는 바람에 집채만한 바윗돌이 올라갔다 내려갔다 했다는 이야기에서부터 별별 옛이야기를 다 해주셨어요. 정말 어머니는 이야기보따리였어요. 내가 지닌 문학적 상상력이 그때 싹이 텄는지도 몰라요.

● 역사적인 인물 뒤에는 언제나 훌륭한 어머님이 계신 것을 다시 한 번 확인할 수 있었습니다. 그럼 화제를 바꾸어 선생님의 문학작품에 대한 말씀을 나누어보겠습니다.

초기 시에는 한 시대가 감당해야 할 몫의 아픔과 불행을 보여주셨고, 굳이 시기를 구분하지 않아도 내적 욕망, 외적 상황에 따라 자연스럽게 시 세계가 변화해왔음을 알 수 있습니다. 90년대 들어서면서 시의 성향이 강해지셨고, 개인적으로 사회적으로 부딪치는 갈등을 그때마다 표현하여 비분강개하는 서정적 자아의 고뇌를 고스란히 시에 담으셨습니다.

중기 시 이후 삶과 인간에 대한 사랑의 시 정신이 동화적 상상력을 통해 더욱 깊어지고, 토속적인 분위기와 더불어 아름다운 우리말이 보석처럼 빛을 발하기 시작했습니다. 지금까지 시집 여덟 권, 창작집 여섯 권, 그리고 평론집 여러 권과 산문집, 시화집과 작년엔 활판 시선집 『사랑하고 싶은 날』을 출간하셨지요. 최근에는 『우리 동네』(시안, 2010)를 출간했

고요. 현재 『시안』 편집인으로 시력 45년의 문학 활동을 힘차게 해오고 계십니다. 선생님의 젊은 날이 궁금합니다.

— 젊을 때 나는 결혼 같은 거 꿈도 꾸지 않았어요. 나만 쓸 수 있고, 나니까 쓸 수 있는 그런 인생을 살면서 글을 쓰고 싶었지요. 예술 하는 사람들은 늘 제멋대로 살잖아요. 나도 내 멋대로 살고 싶었지요. 내가 그냥 인구 하나 보태면서 사는 것이 아니라 내가 아니면 기록할 수 없는 것을 문학으로 남겨야 한다는 생각뿐이었어요.

시대를 대변하고 증언하겠다는 것은 다 허풍인지도 몰라요. 나만의 독특한 세계관을 기록하다 보면 그게 바로 시대가 되고 역사가 되고 민중이 되는 것이지 중뿔나게 타자를 대변하겠다고 나서는 것은 다 허위의식에서 비롯되는 것이지요. 이중섭도 분단 조국의 비애를 예술로 표현하려는 의도는 아마도 없었을 거예요. 전쟁의 참혹함에 대한 근원적인 공포와 보고 싶은 아내와 아이들 생각뿐이었고 그것을 절실히 표현하니까 그 시대의 가장 원형적인 작품으로 형상화된 것이지요.

이른바 신춘문예 3관왕이 되고 나니까 전국적으로 이름이 났어요. 당시는 무척 명예스러웠는데 살면서 보니까 그게 씻을 수 없는 멍에가 되어버렸어요. 내가 40대까지는 소설 많이 썼잖아요. 내가 기막힌 소설을 발표해도 대부분의 독자나 평론가들이 동참을 해주지 않는 거예요. 문단에서 보기에는 작가라기보다는 대학교수였는지도 몰라요. 또 소설가들은 시인이라고 고개 돌리고 시인들은 소설가라고 제쳐놓고요.

대학교수 때려치우고 글만 쓰겠다고 젊은 날에 흰소리를 친 적도 있지만 지금 생각해보면, 내가 그만큼 외로웠다는 생각이 드네요.

● 선생님의 문학 세계를 가리켜서 전통의 터전 위에 영미문학의 경향을 수용한 한국적인 모더니스트라고 평가한 분들이 많습니다. 선생님의 시 세계가 모더니즘에서 출발했다고 해도 무방할는지요. 선생님의 시 세계에는 정지용과 예이츠와 딜런 토머스가 있습니다. 정지용을 시적 동성애자라고까지 말씀하셨습니다. 문학의 꿈을 키우게 한 시인이나 작가의 작품을 소개해주시지요.

— 나는 대학 영문과를 다녔는데 김종길 선생이 강의했어요. 예이츠, 엘리엇, 딜런 토마스의 작품이 무척 마음에 와닿았어요. 그런데 고려가요나 향가를 읽으면 또 그렇게 기막히게 좋았어요.

내 첫 시집에 「라라에 관하여」란 시가 있어요. 라라는 「닥터 지바고」의 여주인공이잖아요. 「닥터 지바고」를 읽고 또 영화를 보고 쓴 시인데 거기에 '돌아와 『고려가요어석연구』를 읽었다.'라는 말이 나와요. 현대와 고대가 막 혼재돼 있는 시적 상상력인 셈이지요. 마르케스의 「백 년 동안의 고독」처럼 환상적 리얼리즘이라고나 할 수 있을까 몰라요.

대학원 석사논문으로 정지용의 시를 분석했어요. 정지용과는 시적 동성애자라는 고백은 아마 나의 이러한 학문적 궤적을 강조하면서 한 말이었을 겁니다. 정지용의 작품이 해금이 되지 않았던 1970년입니다. 이제 와서 돌이켜보면 그의 시를 냉정하게 분석하여 시사적 의의를 고찰했다기보다는 현란한 작품에 취하여 감상적인 글을 논문이랍시고 썼지 않을까 싶어요.

나를 꼼짝달싹할 수 없게 만든 시인은 미당 서정주예요. 나는 그의 제자도 아니지만 그의 시를 읽으면서 나는 늘 '시인'이라는 존재의 위대성 같은 것을 느끼게 돼요. 미당은 억지로 소재를 찾거나 인공적으로 꾸며서 시를 쓴 게 아니지요. 「상가수의 노래」에 나오는 "질마재 상가수의 노랫소리는 답답하면 열 두발 상무를 젓고, 따분하면 어깨에 고깔 쓴 중을 세우고, 또 상여면 상여 머리에 뙤약볕 같은 놋쇠요령 흔들며 이승과 저승에 뻗쳤습니다"를 들어봐요. '뙤약볕 같은 놋쇠요령'이라니! 아마도 이 단순한 심상 하나가 한국현대시 백년의 총체적인 의의와 등가를 이룬다 해도 과언이 아닐 겁니다.

우리가 지금 원서문학관 장작난로 옆에 앉아 이야기를 하고 있지만, 이 상황을 시를 쓴다면 좀 허풍을 떨어서, '활화산

옆에 앉아 자살을 꿈꾼다.'라고 해도 말이 되잖아요? 김소월보다 덜 모던한 시를 쓰는 시인들이 아직도 많아요. 요즘 컴퓨터 사양도 얼마나 빠르게 많이 바뀌는가를 생각해보면 시인은 언제나 전통과 현대 그리고 미래를 위하여 촉각을 번뜩여야 하는데 말이지요. 삐삐부터 시작됐던 이동통신이 이제는 스마트폰이다 뭐다 하면서 우리를 정신없게 하지만, 전통과 현대는, 즉 아날로그와 디지털은 서로 함께 소통 융합 변용하는 것이지요.

● 미래지향적으로 살아야 한다는 말씀이지요?

— 그럼요. 그렇지만 향가도 고려가요도 단군신화도 알아야지요. 내 시에 많이 나오는 아름다운 토박이말들 있잖아요. 독자들이 모를지라도 나는 각주를 안 달아요. 일부러 그래요. 궁금하면 사전을 찾아보라 이겁니다. 화가도 그림을 그려놓고 어떻게 그 색을 냈느냐는 과정을 설명 안 하잖아요. 색을 내기 위해 여러 가지 색을 혼합하다 보면 더 좋은 색깔 나오잖아요.

나는 한 작품 한 작품 그냥 쉽게는 안 써요. 엄청 고심해서 쓰고 있어요. 평론가들도 정작 동시대 시인들의 작품은 제대로 독해를 하지 않아요. 이 시대가 나를 몰라준다고 해도 나는 하나도 안 불행해요. 몰라보는 사람들이 불행한 거죠.

● 최근 시집 『우리 동네』(시안, 2010)에 대해 말씀을 나

누어보겠습니다. 이번 시집에서도 평화와 웃음과 유머가 몸에 밴 선생님의 무의식 세계를 엿볼 수 있었습니다. 「숫눈」, 「두레반」, 「굴뚝」, 「순간」, 이러한 시들이 좋았습니다. 그리고 「동치미」, 「할아버지」, 「해피 버스데이」, 「교감주술」 등 서정과 해학의 미학이 돋보이는 시들도 재미있었습니다. 시인이 참 가깝게 느껴지는 시들로 묶여 있다고 할까요. 참, 이번 시집으로 제6회 김삿갓문학상도 받으셨지요?

— 네. 뜻밖에 김삿갓문학상을 받았습니다. 난고 선생의 문학 정신에 더 걸맞은 다른 시인이 있을지도 모르는데 제가 받게 돼서 송구스러웠습니다.

지금 살고 있는 내 고향이 내겐 다 시예요. 동네에서 듣는 이야기 속에도 무진장의 시가 숨어 있어요.

어린아이들이 냇가에서 콩서리 해 먹고 물고기 잡아먹고 놀잖아요. 옛날에는 낚싯대가 없었으니까 낚싯줄을 제 꼬추에 묶어놓고 놀다가는 물고기가 물면 줄을 잡아당겼다는 거예요. 진소에 사는 사람이 그 이야기를 무심코 하는 걸 듣고 「낚시」라는 시를 썼지요. 시를 왜 엄숙하게만 생각하는지 몰라요. 심오한 말은 사서삼경이나 성경이나 불경에 다 나와요. 무슨 큰 깨달음을 얻었다는 듯 사기 치는 시는 정말 역겨워요. 재미가 있는 시, 언어의 결이 살아 숨 쉬는 시, 쉬우면서도 우리가 무심코 내뱉는 한숨 같고 보리밥 먹고 뀌는 풋방

귀 같은 시, 아! 나도 그랬어, 하면서 저절로 무릎을 치게 하는 조용조용한 시가 진정 좋은 시라고 생각해요.

내 시에 「학번에 관하여」라는 게 있는데, 거기에 나오는 "몇 학번이야? 오탁번이다"라든가, 「동치미」라는 시에 나오는 "동치미 먹고 싶으세요?" 같은 그런 식의 재미 말이지요. 또 내 어느 시에는 "내복빛 차일"이라는 말이 있어요. 하하. 지금 생각만 해도 참 우습네요. 『우리 동네』에서는 특히 토박이 우리말의 시적 묘미를 잘 살려내려고 했어요. 그렇다고 이상야릇해서 언어의 미라가 돼버린 희한한 토박이말만을 다룬 것이 아닙니다.

시적 묘미는 시적 긴장과 동궤입니다. 「순간」이란 작품 있지요? 오현 스님 이야기예요. 지난 초여름 백담사 하안거 결제날 때의 느낌을 시로 썼어요. 오현 스님을 보면 모두들 쩔쩔매면서 큰절을 하지요. 나는 그분이 그냥 좋은 거예요. 그분은 나보다도 더 소년 같은 구석이 있어요. 큰스님이 아니라 세상도 부처도 모르는 동자승이죠. 나는 그런 스님을 내 방식대로 좋아해요. 몇 년 전 스님께서 여기 원서문학관에 한번 오셨어요. 내가 목탁도 있고 불상도 있으니까 원서문학관에 애련사라는 절을 해야겠다니까, 스님이 애련사 첫 법회를 열어주겠다고 약속했어요. (웃음)

● 성에 대한 묘사가 많지만 선생님의 시는 관능보다는 원

초적 생명력과 건강성을 느끼게 해줍니다. 인간의 원초적 조건인 성의 건강성이라고 해야 하나요?

— 그렇겠지요, 뭐. 단순한 남녀 간의 관능적 쾌락이 아니라 성적 교환을 통해 새 생명이 탄생되는 신비로운 본능이지요. 일종의 범신론적 사랑이랄 수도 있을 거예요. 내 시 「굴비」는 그냥 음담이 아니라, 보통 사람들의 부부애가 가장 극적인 순간에 현현되는 진짜 사랑의 이야기죠. '굴비장수'는 그러한 시적 긴장을 최고조로 몰아가는 극적 장치인 셈이지요.

● 초등학교 때 "내 생애의 한복판에 민들레꽃으로 피어"난 담임교사인 영희 누나에 대한 말씀도 부탁드립니다.

— 그 누나가 나보다 열 살 많아요. 영희 누나가 나를 원주중학교에 입학시켜준 거예요. 지금 춘천에 살고 계셔요. 새해에 일흔아홉이 돼요. 요즘 많이 편찮으셔요. 가끔 가서 만나는데 용돈 쓰시라고 주머니에 있는 대로 다 드리고 와요. 그 누나하고 밥 먹으면 나는 젓가락이 필요 없었어요. 누나가 집어서 입에 다 넣어주니까요. "너 술 많이 먹지. 이게 몸에 좋아." 이러면서 또 집어주고… 누나 환갑 때 그 집 아들, 며느리들이 다 있는 자리에서도 또 그러는 거예요. 그때 환갑 기념으로 한 냥짜리 금열쇠를 드렸어요. 바로 위의 친누나는 서울에 살고 있고 또 한 동네에 살던 진외육촌 누나들도 있어요. 지지난해 진외육촌 누나들이 여기에 왔었어요.

● 시는 읽기는 쉬워도 쓰기는 어려워야 한다고 하셨는데요.

— 그렇지요. '시인'이란 오직 시를 쓰는 사람을 뜻합니다. 그래서 좋은 시와 시인은 숙명적으로 등가적 관계가 돼요. 시인은 단순한 자연인이 아니지요. 시인에게는 나이가 없어요. 시는 늘 새로 쓰는 거지요. 암탉이 달걀을 낳다가 죽는 일은 없지만 사람은 열 번째 아기를 낳다가도 죽을 수 있어요. 시는 달걀 낳듯이 낳는 것이 아니라 첫애를 낳듯이 목숨 걸고 써야 해요. 언제나 처녀작을 쓰는 기분으로 설레는 마음으로 불안한 마음으로 써야만 돼요. 절실한 생각 없이 시를 쓰는 시인은 시인이 아니지요.

● "바보 같은 김은자는 결혼이 어떤 현실적인 고통과 비애를 수반하는지 모른 채 무슨 문학 동인하듯 나와 결혼했다."고 어느 산문에 쓰셨는데요. 현재 한림대 국문과 교수이신 사모님은 1975년 한국일보에 시, 1981년 동아일보에 평론으로 등단하셨더군요. 문학 동지라고도 할 수 있는데요. 사모님과 문학에 대한 이야기를 나누거나 조언을 많이 구하시는 편인지요.

— 서로 그런 이야기를 많이 나누는 편이지요. 아내만이 진정한 문학 동지라는 생각도 해요. 내 작품을 읽고 맨 먼저 공감하는 사람이지요. 그 사람은 나보다 더 염결성이 지나쳐요. 세상을 티껍다고 생각하는 사람이지요. 그러면서 30년 가까이 어떻게 교수를 하는지 참 신기해요. 새봄에 그 사람의 새

시집이 나옵니다.

내가 마흔아홉 살 때 탈장 수술받고 영동세브란스 병원에 입원했는데 대소변 다 받아내는 것은 오직 아내잖아요. 그때 보니까 되게 행복해하는 거예요. 내가 백 퍼센트 자기 차지잖아요. 일일이 다 먹여주고, 입혀주고 하면서… 그러더니 퇴원 후 며칠 지나니까 또 피차 평소처럼 소 닭 보듯 하면서 살게 되더라고요. 부부라는 게 참 묘해요. 소도 아니고 닭도 아니고 도대체 뭔지 결혼 40년이 됐는데도 아직도 잘 모르겠어요.

● 단편소설을 모두 감동 깊게 읽었습니다. 감각적인 문체로 시적인 분위기가 소설로 옮겨간 듯했습니다. 개인적으로는 「사금」, 「저녁연기」, 「달맞이꽃」, 「세우」가 좋았어요. 「불씨」는 어느 부분을 따로 떼어도 시로서 손색이 없을 만큼 문체가 아름답고 잔잔한 울림을 갖고 있었습니다.

> 방바닥에 수북이 쌓인 사금가루와 함께 빛나던 그의 몸뚱이는 열 살 난 나의 조그만 가슴을 다 휘저어 낼 듯 살아서 움직이며 빛을 뿌렸다.
>
> \- 소설 「사금」 부분

> 트럭이 다시 기어를 갈아 넣으며 고갯길로 접어들 때 나는 얼

굴에 달라붙는 가랑비를 뜯어내면서 다른 한 손을 여자의 젖가슴 속으로 쑥 넣었다.

- 소설 「세우」 부분

시나 소설을 따로 구분하지 않는다는 말씀에 공감이 갔습니다. 문학의 장르를 해체시켜야 한다는 목소리도 들립니다. 외국의 경우 괴테에서부터 헤르만 헤세, 보르헤스 등 시인이다, 소설가다 명칭을 붙이기가 어려운 예도 있지요. 탈장르에 대한 생각을 말씀해주십시오. (지금은 절판된, 중고 서점에서 구입한 소설집을 무척 신기하게 바라보셨다.)

— 소설가 오탁번이를 새로 만난 것처럼 참 기분이 묘합니다. 보르헤스 소설을 보면 사실 소설도 아니잖아요. 각주가 막 붙어 있어요. 끔직한 상상력이지요. 보르헤스를 보르헤스이게 한 그러한 문화 풍토가 참 부러울 때도 많았어요. 내가 대학 다닐 때 보르헤스는 소개되지 않았어요. 나는 시를 쓰면서도 그렇지만, 환상적 상상력에 기대어 멋대로 소설을 썼어요. 말도 안 되게, 뭐, 삼국유사가 새로 몇 권이 발견되어서… 이런 식으로 썼어요. 내 소설을 나는 지금도 사랑합니다. 내 분신 같은데 나도 모를 편견과 암흑의 땅에 유배당해 있는 것 같아요.

서동요나 정읍사는 시이면서도 동시에 아주 기막힌 구조

를 지닌 서사물이에요. 시, 소설이라는 장르는 후대에 생긴 개념이지요. 우리는 자꾸 편을 가르지요. 피아니스트가 노래 못해 피아노를 치는 게 아니에요. 지휘자도 연주를 못해서 지휘자가 된 것 아니거든요.

● 소설 「불씨」에서는 아줌마에 대한 이러한 묘사가 있습니다. "두 눈썹 사이의 흰 살이 잠시 동안 움직이는 것이었다."라고요. 인간 심리의 한 단면 혹은 총체성까지 그려낼 수 있는 소설의 매력이 아닐까 하는데요. 실존하는 아줌마였나요?

— 상상으로 만들어낸 인물이지요. 1973년 내가 육군 대위로 사관학교 전임강사였는데 결혼한 지 3년이 됐을 때예요. 청계천 7가 열 평짜리 시민아파트를 샀어요. 내 집을 장만한 거지요. 소설 원고료와 인세로 산 거예요. 그때로서는 가난 탈출이 지상 목표였지요. 그때 살던 시민아파트를 배경으로 하여 소시민들의 궁핍하면서도 다정다감한 인간애를 바탕으로 해서 소설의 구조를 만든 것입니다. 순전한 상상력으로 쓴 작품입니다. 나는 지금도 소시민들이 어깨를 부비고 정답게 살아가는 삶의 공간이 좋습니다.

그 작품을 발표하자 런던대학교 스킬런드 교수가 영역을 했어요. 한국문학을 전공한 스킬런드 교수가 보니까 한국의 현실을 그만큼 리얼하게 형상화시킨 작품이 없더라는 거지요. 「사금」도 마찬가지예요. 조그만 꼬투리를 잡아서 머릿속을 헤매는 이야기 줄거리를 잡아서 소설을 쓰는 겁니다. 어릴 때 우리 동네에 이상한 사람들이 나타나 냇가를 돌아다니면서 사금을 캐러 다닌다는 어른들의 이야기를 들은 적이 있는데 그것을 바탕으로 시 쓰듯 쓴 소설이지요. 나는 소설을 굉장히 꼼꼼히 써요. 코피 흘려가며… 토씨 하나도 신경 써 고치고 또 고쳤지요. 아마 지금까지 소설을 붙잡고 있었더라면 나는 벌써 죽었을지 몰라요. 소설은 형무소의 중노동과 같아요. 오랜만에 소설 이야기 하니 기분이 묘하네요.

● 선생님을 몽상가라 할 수 있을까요.

— 약간 그렇지요. 꿈을 꾸며 살아가요. 내가 여자 유혹할 때 써먹는 수법 알지요? 지난번 인도네시아 화산이 폭발했잖아요. 화산 사러 가야겠다, 했더니 어느 순진한 여류시인이 정말 진지하게 나한테 단숨에 넘어올 듯한 태세를 하는 거지 뭡니까. 방갈로 짓고 화산 바라보며 와인 마시고… 멋지잖아요? 자카르타에서 헬리콥터 타고 가면 되니까 교통도 좋은 편이잖아요?

나는 정말로 화산을 사려고 현지에 다 알아봤어요. 그랬더니, 국유림이고 어쩌고 해서 외국인 휴양지라면 모를까, 화산은 쉽게 살 수가 없다는 거예요. 허지만 지금도 꿈을 안 버렸어요. 활화산이 있는 섬을 하나 사서 거기에 애인들을 번갈아 데리고 가서 놀다 오고 싶어요.

● 다시 태어난다면 무엇이 되고 싶은지요.

— 소설 잘 읽어주는 김정임 시인의 애인으로 태어나면 어떨까요. 활화산에 가자고 하면 앞뒤 안 가리고 쪼르르 달려오는 푼수가 나는 젤 좋아요.

● 아니고머니나. 참, 선생님도! 그런데요, 시혼이 학생들처럼 커다랗게 눈을 뜨고 불현듯 내 앞에 나타날 때도 있다 하셨는데 자주 찾아오는 편인가요. 어떻게 찾아오나요?

— 느낌이 팍 올 때가 있지요. 최근에는 '빛바랜 옛날 사진'이라는 말이 자꾸 떠올라요. 라디오에서 들은 유행가 가사인데 이럴 때 얼른 메모해요. 때로 잊어버리고 있으면 자꾸만 보채요. 꺼내달라고, 그러면 응, 알았어, 대답하면서 꺼내서 쓰곤 하지요. 나는 여행지에 가서 금방 시 쓰고 그러지 못해요. 외국에 가서 신비로운 풍경을 많이 보았지만 신비로운 것만 가지고는 안돼요. 인도를 여러 번 다녀왔지만 두 편밖에 못 썼어요. 여행지에서 떠오른 느낌을 그냥 막 쓰고 그러지 않아요. 이제 마음만 먹으면 웬만큼 시 비슷한 것 쓸 수 있겠지만, 그러면 사이비잖아요. 나는 꼭 쓰고 싶을 때만 써요.

● 시를 잠시 놓았다가 다시 쓰려면 무척 막막해요. 언어감각을 유지하는 방법이 있을까요.

— 나도 새로 쓰려면 전혀 생각이 안 날 때가 많아요. 어떻게 시를 써야 할지 막막하지요. 그럴 때면 술을 막 마시든지

책을 읽든지 해요. 남의 글이나 내 글이나 마구 읽으면서 글을 쓸 분위기에 푹 잠겨야 글을 쓸 수 있어요.

『시안』을 창간하고 나서 1998년 겨울이었는데 전혀 시가 안 되는 거예요. 참담했어요. 안절부절 절망하며 술을 막 마셨지요. 아무도 몰래 스스로 "너, 잡지나 할 놈이야? 말이 안 되잖아, 이 새끼야!" 하면서 며칠 폭음을 했어요. 그러니까 시인 오탁번이 비로소 눈을 다시 뜨더군요. 고생고생 끝에 시인 오탁번으로 다시 돌아왔어요. 요즘도 마찬가지예요. 나는 나에게 제일 엄격해요.

● 미당에게 무등산이 있었다면 선생님께는 천등산과 치악산이 있지 않나 싶습니다. 시의 근원이 되었다고 할 수 있지요?

— 치악산은 원주에 있고 천등산은 내가 태어난 이곳 제천에 있지요. 무등산, 천등산 아니라도 자기가 태어난 고향 혹은 살고 있는 아파트가 기가 막힌 시적 무대지요. 그 자체가 시가 돼요. 시를 찾아다니는 게 아니고 내가 현재 있는 곳, 가족, 이런 게 모두 시예요.

나한테는 애들을 키우면서 쓴 시도 많아요. 「꽃모종을 하면서」는 유치원 다니는 내 아들이 딱지치기 하다가 화장실을 들락날락하던 모습을 모티브로 했습니다. 한번은 "아빠. 이상해. 예쁜 여자애를 보면 고추가 커져." 이러는 거예요. 어

릴 적 꼬추가 커지면 할머니가 쉬하라고 하잖아요. (웃음)

● 독자가 모두 시인인 문화현상을 어떻게 생각하세요.

— 정말 요즘에는 독자는 간 곳 없고 모두가 시인이지요. 모르겠어요. 파벌 분파 점점 더 심해질지도 모르고, 문학 그 자체가 무력감에 빠질지도 모르고… 누구나 영화배우나 가수가 될 수 있는 시대니까 문단도 그렇게 되는 것 아닐까 참 우울해지네요.

난로가 조용히 타오르고 창밖엔 어느새 눈이 쌓이고 있다. 함께 동참한 편집위원들과 둥글게 모여앉아 선생님의 이야기를 듣는 동안 어디선가 "원시림이 매몰될 때 땅이 꺼지는 소리"(「순은이 빛나는 이 아침에」)가 들려오는 듯하다. 우랄의 시골마을 바투아키노 숲에서 라라의 마차를 보기 위해 성에로 뒤덮인 창문을 부수던 지바고의 절절한 눈빛에 비해 시인의 눈빛은 너무 평화롭고 아늑해 보였다. 사랑하는 라라와 함께 계시기에 그런 것일까.

나뭇가지에 매달린 물고기 풍경이 바람에 흔들리고, 연못가를 빙빙 돌다가 떨어지는 눈송이들… 지금 세상에서 가장 아름다운 곳은, 바로 이곳일 것이다.

(『미네르바』, 2010. 봄)

시적 프리즘

신효순(시인)

인터뷰를 위해 시인을 만나러 갈 때는 어쩐지 먹먹한 마음이 된다. 시를 책상에 앉아 읽을 때와는 다르게 설렘과 동시에 긴장과 울림을 함께 가지고 가기 때문이다. 한 시인의 삶을 통째로 만나러 가고 있다는 생각이 들어서다. 그러기에 아둔한 말 한 마디로 생채기를 내지 않을까 하는 조심스러움과 또 한편 한 시인의 저 지극한 곳에 숨겨진 무엇을 꺼내 읽고 싶다는 궁금증, 이제 겨우 첫 시집을 상재하는 신인으로서의 경건한 마음이 함께 따라오는 것이다.

시가 주는 감동을 재확인하기 위해서 여러 번 다시 읽게 되는 시는 많은 독자들에게 회자된다. 오탁번 시인의 시가 그렇다. 그런데 재차 읽다 보면 전에는 없던 새로운 감동이 생긴다. 처음에는 웃기다가 슬프고, 아프고, 미안하고, 화도 난다. 긴장과 기대 속에 충북 제천 백운면 애련리 원서헌에서 그런 시인을 만났다.

● 안녕하세요. 원서헌으로 오는 시골 길이 참 편안하고 좋습니다. 지명인 애련리에 담긴 의미처럼 이곳에 오니 마을을 주변 산이 연꽃처럼 에워싼 형상이네요. 입춘도 한참 지나고, 3월도 되고 보니 날씨가 한결 보드라워졌습니다. 선생님의 근황이 먼저 궁금합니다.

— 무위도식에다 일락서산입니다. 정년 한 지가 벌써 9년째입니다. 밥을 안 먹고 싶은데 아침마다 먹어야 하는 병원 약이 있으니 마냥 공복으로 지낼 수가 없어요.

하는 일이라야 TV 보고 신문 잡지 뒤적이고 가끔 글을 쓰지요. 텃밭과 정원 손질하다 보면 하루해가 금방 갑니다. 우리 세대가 다 그렇겠지만 원래 70~80살까지 사는 일은 애당초 꿈도 안 꾼 거예요. 회갑 전후해서 또는 65세 정년 앞뒤로 이 세상을 하직할 줄 알았거든요. 쓸데없이 괜히 오래 살고 있는 거예요. 서산에 해는 지고 이제 생애의 마지막 발걸음을 옮기고 있다는 생각을 매일 합니다.

● 2003년, 귀향하여 폐교된 모교인 백운초등학교의 애련분교 터를 가꾸어 문학관 원서헌을 만드셨어요. 소소하지만 텃밭 농사도 일구고 계신 것 같은데요.

— 이제 14년째가 됐네요. 대부분 여기서 생활합니다. 볼일이 있을 때는 서울 나들이를 합니다.

서울 같은 대도시는 한창 일하는 청년이나 중년들 차지이고 나 같은 늙정이는 도시에서 물러나는 게 순리지요. 요즘은 어디든 인터넷이 되고 텔레비전이 다 있으니까 시골 생활에 불편한 것은 없어요.

● 원서헌에서 하시는 일들에 대해서도 말씀해주세요.

— 조그만 교실 세 칸에는 책이 꽉 찼습니다. 20평 되는 사택, 그리고 숙직실이 있어요. 텃밭에는 마늘을 심었습니다. 봄이 되면 고추, 상추, 토마토를 심지요. 동창이 근처에 사는데 농사일도 물어보고 그럽니다. 2004년에 문을 열고는 해마다 시의 축제도 열고 여름방학에는 어린이 시인학교도 개설했어요. 한 5~6년 동안 열심히 했는데 한두 해 전부터는 그만두었어요. 요즘 각 지자체에서 경쟁적으로 문학관을 짓고 큰 행사를 많이 하지요. 나처럼 개인이 만든 문학관은 생존하기가 어렵습니다.

● 2008년은 재직하시던 학교에서 정년퇴임하셨고 한국시인협회 회장 등 여러 일들이 있었는데요. 그때 원서헌 마당에 시비를 세웠어요. 시 「설날」을 새겼는데 어머니를 떠올리며 직접 골랐다고 들었습니다. 문학관 안에 들어와보니 어머니 인물 부조도 있네요.

— 35년간 최선을 다해서 교수 노릇을 했습니다. 진짜 문학을 가르치는 교수가 되겠다고 늘 각오를 했어요. 정년을 기념하여 『헛똑똑이의 시읽기』와 비매품으로 『입품 방아품』

이라는 책도 냈지요. 2008년 8월 말에 30년 근속한 고려대에서 정년퇴직을 했는데 그때 대학 선후배들이 시비를 세워주었어요. 어머니 조상은 2004년에 맨 먼저 만들었고요. 어머니는 나의 모든 것입니다.

● 시 「어버이날」이나 「젖동냥」은 꼭 동시 같은데요. 어린 시절의 기억이 현실과 겹쳐 있는 것 같습니다.

세 살 때 돌아가신 할머니가
하나도 생각나지 않지만

어버이날이면 아빠에게 거짓말 한다
—할머니 얼굴이 다 생각나요

오늘 밤 꿈에 할머니가 나타나서
우리 아빠 눈물을 씻어주면 좋겠다

-「어버이날」

고속도로 휴게소
한쪽에
앙증스레 서 있는
수유실 간판을 보면

나는 그냥
쏙 들어가고 싶다

젖빛유리 안에
아슴푸레 보이는
어머니한테
나는 그냥
폭 안기고 싶다

-「젖동냥」

— 예. 그렇기도 하고요. 아들 딸 키우면서 그놈들의 시선과 목소리를 담아서 쓴 시입니다.「어버이날」은 내 딸의 목소리를 상상해서 쓴 거짓말이지만 '할머니-아빠-아이'로 이어지는 아름다운 거짓말이라고나 할까요.

「젖동냥」은 좀 창피한 고백인데, 나는 어쩐지 고속도로 휴게소에서 수유실 간판을 보면 이상한 충동을 느낄 때가 많아요. 아기 엄마의 퉁퉁 불은 젖무덤을 보고 싶어서가 아니라 아기 같은 마음으로 그냥 '젖'을 먹고 싶은 충동이 일어나는 거예요.

곰곰이 생각해보니 어릴 적 젖을 못 먹고 자란 나의 운명이 지금까지도 시적 상상력의 배후로 잠복해 있다는 사실을 깨달았지요. 일제 말, 보릿고개 무렵 영양실조가 된 어머니 젖이 말라 나는 그냥 죽은 목숨이었어요. 젖동냥을 하고 미음을 먹으면서 겨우 숨을 이어나갔다고 합니다. 그런 기아에 대한 공포가 무의식에 자리 잡고 있기 때문이라는 생각이 듭니다.

● 시 「밥 냄새 1」도 그런 시선을 담고 있어요.

하루걸러 어머니는 나를 업고
이웃 진외가 집으로 갔다
지나다가 그냥 들른 것처럼
어머니는 금세 도로 나오려고 했다
대문을 들어설 때부터 풍겨오는
맛있는 밥냄새를 맡고
내가 어머니의 등에서 울며 보채면
장지문을 열고 진외당숙모가 말했다
—언놈이 밥 먹이고 가요
그제야 나는 울음을 뚝 그쳤다
밥소라에서 퍼주는 따끈따끈한 밥을
내가 하동지동 먹는 걸 보고
진외당숙모가 나에게 말했다
—밥 때 되면 만날 온나

아, 나는 이날 이때까지

이렇게 고운 목소리를 들어본 적이 없다

태어나서 젖을 못 먹고

밥조차 굶주리는 나의 유년은

진외가 집에서 풍겨오는 밥냄새를 맡으며

겨우 숨을 이어갔다

-「밥 냄새 1」

— 맞아요. 「젖동냥」은 나의 시 족보로 볼 때 「밥 냄새 1」 바로 앞에다 놓아야 할 겁니다. 그런데 이런 시를 쓰면서 지금 내 나이가 몇인데 이렇게 철딱서니 없는 시를 써도 되나 하는 생각이 들기도 해요. 수유실을 보면 "쏙 들어가고" 싶고 "폭 안기고" 싶은 마음을 억누를 길이 없을 때가 많아요. 만일 수유실로 '쏙' 들어가고 싶고 아기한테 젖을 물리고 있는 엄마에게 '푹' 안기고 싶다면야, 정말 엽기적인 성추행이 될 수도 있겠지만 이 시에서 나는 다만 젖이 먹고 싶은 '아기'일 뿐인 거지요.

● 정지용 시를 연구하셨는데요. 세계의 감각적 이미지 인식에서 한층 더 나아가 선생님만의 독특한 어법 구현이 지금의 독자적 시 세계를 갖추는 데 큰 몫을 차지합니다. 시상의 동심화, 강건한 생명성이 시 전반에 내재되어 있어요.

— 시 「구성동」에서 정지용 시인이 "절터드랬는데/ 바람도 모히지 않고"라고 표현했어요. 아이의 발상이기에 가능한 수사였다고 생각합니다. 어른의 고착된 시선으로는 대웅전 앞에 때마침 불어오던 작은 회오리바람을 생각해내고 이젠 절이 무너져버린 절터에는 더 이상 바람도 불지 않는다는 단순한 생각을 할 수 없었을 거예요. 아이들의 꾸밈없고 오히려 철없는 시선이 사물의 빛깔을 있는 그대로 보게 하는 것이지요.

서정주 시인이 「추천사」에서 "산호도 섬도 없는 저 하늘로"라고 노래한 것도 다 우리말을 갓 배우는 어린아이와도 같은 시선이 있었기에 가능한 것이지요. 또 「행진곡」에서 '바다'에 관한 관습을 일거에 무너트리고 '서 있는 바다'라고 한 것도 천진한 아이의 시선을 회복했기 때문에 가능한 일입니다.

시인은 마땅히 어린아이의 말씨와 눈높이를 지녀야 합니다.

(『월간태백』, 2017. 4)

낙타와 사자를 지나 어린아이로

정진희(수필가)

1

오탁번 시인은 지난봄에 제10시집 『알요강』을 펴냈다. '알요강'은 어린아이의 오줌을 누이는 작은 요강이다. 시인은 풍물시장에서 산 알요강을 문갑 위에 '모셔' 놓고 손자의 향긋한 지린내를 생각하며 시를 썼다. 이번 시집 안에는 고유어 발굴과 그 활용의 묘미로 빛나는 시어들, 천진한 시선으로 바라보는 사람살이의 정겨움, 뛰어난 유머 감각과 상상력으로 해학과 풍자를 넘나드는 웃음이 가득하다. 평론가 이숭원은 우리말에 대한 지극한 헌신으로 시간의 침식을 벗어나서 자연과 인간이 하나로 통합된 만물 공생의 사유가 날아오르고 있다고 말한다.

20대에 신춘문예(동화, 시, 소설)로 등단하여 문단의 주목을 받았던 그는 35년간 대학교수였으며, 1998년부터 2013년까지 16년 동안 계간 시지 『시안』을 발행하였고, 현재는 시인이며 소설가로 원서문학관 지킴이로 살고 있다.

'남루한 일상을 해학적으로 일탈하여 초월에 이르게 하는 마력의 울림'이라고 평가받는 오탁번 시인을 만나러 충북 제천으로 향했다.

그의 모교인 백운초등학교의 폐교된 애련분교를 사들여 문학관을 만들고, 그곳에서 한림대 국문과 교수였던 부인 김은자 시인과 15년째 살고 있다. 약 천 평쯤 되는 운동장 같은 마당엔 운치 있는 연못과 정자가 있고 텃밭에서 토마토와 가지가 주렁주렁 익어가고 있다. 문학관 내부는 긴 복도에서 들어가는 세 개의 교실로 되어 있는데 첫 번째 교실은 시인의 작업실이고, 두 번째 교실에는 작가들의 작품들이 빼곡하게 쌓여 있고, 세 번째 교실은 문학 세미나와 시 낭송을 할 수 있는 공간으로 꾸며져 있다. 복도에는 유명 시인들의 육필 시와 사진 등이 걸려 있어 또 하나의 전시실 역할을 하고 있다. 첫 번째 교실인 작업실에서 시인을 만났다.

아침부터 동네 사람들과 소주 한 병을 까고 왔다는 시인의 혈색이 어린아이처럼 발그레하다. 평생 대학교수로 살아온 단정함과 장난기 넘치는 악동의 이미지가 섞여 있는 시인과 막걸리를 나눠 마시며 이야기를 시작한다.

—초기에는 해마다 시의 축제도 열고, 시인을 초청해서 문학 간담회도 자주 가졌지. 한글날이면 초등학생 백일장도 개최했는데 이제는 농촌마을에 초등학생이 점점 줄어들어서 어린이를 상대로 무슨 행사를 기획할 수도 없게 됐어. 그래서 시간이 지나면서 다 흐지부지되고 말았어. 고향에 내려와 늘그막을 보내는 나를 처음에는 다들 가상하게 보는 눈치였지만 내가 벌이는 일들에 대해 근심스런 눈빛을 보내더라고. 그런 속마음을 읽고 모든 행사를 접었지. 옛말에, 늘그막에 고향으로 내려갔다가는 괜히 시샘 받고 개차반이 된다는데, 내 꼬락서니가 딱 그래.

요즘의 처지를 '개차반'에 비유하는 시인의 솔직함에 웃어야 할지 울어야 할지 모르겠다.

2

칠십 중반을 넘겼지만 나이가 들수록 어린아이로 회귀하고 있다는 그는 자신이 말 하나를 가지고 별별 오두방정을 떠는 철부지 시인이라고 말한다. '여성은 걸어 다니는 백과사전'이라며 농을 치는 그에게서 그의 '사전 사랑'에 대해 듣는다.

— 사전에는 때 묻지 않은 토박이말이 원석처럼 숨어 있어. 어떤 때는 시 한 편을 쓰느라고 며칠 동안 사전과 씨름하는 일도 있지. 국어사전, 고어사전, 민속사전, 식물도감 같은 걸 찾아보면서 밤을 지샌다고. 그러다 딱 맞는 말을 찾았을 때의 기쁨은 굵은 설탕 박힌 눈깔사탕보다 더 크지.

오밤중에 밤하늘을 향해 소리치는 철부지 시인의 모습이 그려진다. '하동지동', '잘코사니', '엘레지', '막불겅이', '나비숨', '지날결', '쥐코밥상', '건들장마', '수할치' 등의 고유어 발굴은 진지한 탐구의 성과이다. 이런 단어들은 그의 시 속에서 언어의 미감과 촉감을 정겹게 살려내는 역할을 하며 생동감을 주고 있다.

시는 언어 그 자체라 할 수 있으며 시인은 언어의 정령 앞에 기도하는 사도가 돼야 한다고 강조하는 시인의 눈빛이 모두 잠든 밤 홀로 깨어 있는 별빛 같다. 연거푸 담배를 피워 무는 시인에게 가장 애착이 가는 시를 물으니 「백두산 천지」라고 한다. 백두산의 장엄함과 민족의 혼과 정기를 우리말로 서리서리 펼쳐 보이며 1997년 제9회 정지용문학상을 수상했다.

그는 등단 초 고뇌와 우수에 가득 찬 시에서 출발하여, 거리두기와 절제의 미학으로 끌어올린 사랑의 절창들을 남기고, 이제 어린아이와 같은 천진스러움과 자유로운 행보로 새로운 세계를 펼쳐 보이고 있다. 음담패설과 비속어조차 익살과 해학으로 버무려 웃음 속에 눈물을, 눈물 속에 웃음을 선사하고 있다.

「굴비」가 사람들 입에 오르내리는 블랙 유머에서 외설을 넘어 가난한 부부의 모습을 끌어내 슬픔을 보여주고 있다면, 「폭설」은 이장님의 구수하고 걸쭉한 사투리가 리얼리티를 보여주면서 일상의 '사랑'으로 활력과 웃음을 자아내게 한다.

— 평범한 사람들의 일상어 하나하나 그사이에 시의 언어가 보석처럼 박혀 있어. 웃기면서도 슬프고 슬프면서도 웃기는 말의 속살은 해학과 풍자의 마술을 거치면서 빛나는 시어로 재탄생하게 되지. 좋은 시는 백비白碑를 보듯, 무현금을 듣듯, 그렇게 보고 듣는 거야. 이해하려 하거나 독해하는 것이 아냐. 그냥 독자들의 가슴을 뛰게 하고 눈물과 웃음을 선사하는 거지.

체면과 규범에 묶이지 않고 알몸으로 밀고 가는 그의 시

세계가 거룩한 긍정을 확보하는 이유일 것이다.

3

시인은 흘러간 옛 노랫말에 등장하는 천등산과 박달재 사이, 백운면 평동리에서 태어났다. 창씨개명을 끝까지 안 한 조부는 태어나지도 않은 4남 1녀 막내 손자의 이름을 지어놓고 돌아가셨다. 방울 탁鐸, 울타리 번藩. 독특한 이름 덕에 나쁜 짓을 절대 할 수 없었다는 시인의 어린 시절은, 세 살에 아버지를 여의고 절체절명의 궁핍으로 '눈깔만 화등잔만큼 큰 아이'였다.

큰 바위 얼굴처럼 시인을 지켜준 천등산이 있었고, 외로움과 가난이 오히려 시적 상상력을 눈뜨게 한 불쏘시개가 되었다는 시인에게 운명적인 만남을 물었다.

— 내가 영희 누나를 만나지 못했더라면 지금처럼 중뿔나게 작가다 교수다 하는 고민 덩어리가 되지 않았겠지. 그 시절엔 초등학교 나오면 다 논밭 매며 살아가는 게 당연했으니까. 나 역시 가난해서 중학교를 가야 한다는 생각도 못했고. 아마 가마니 짜고 나무하러 가고 농사짓다가 농민운동도 하

고 농협 임원도 했을지 몰라. 그러다 정치판도 기웃거렸을 거야. 주먹 싸움도 하며 국회의원 몇 번 하지 않았겠어? 그러다가 감옥에도 열 번 넘게 들락거렸겠지?

이런 말을 하면서도 전혀 웃지 않는다. 자기는 절대 안 웃으면서 남에게 웃음을 주는 사람, 진짜 고수다.

영희 누나는 그가 열 살 무렵, 충주사범학교를 졸업하고 백운초교로 발령받아 그의 담임이 된 권영희 선생님이다. 전쟁 때 부모를 잃은 그녀는 33세에 홀로 된 시인의 어머니를 친어머니처럼 따르면서 그의 누나가 돼주었다. 그녀는 초교 6년 동안 내리 1등을 한 그를 원주에 사는 자기 오빠에게 숙식을 부탁하며 원주중학교로 입학하게 했다. 그러나 1년 후 군인이었던 친정 오빠가 철원으로 부대 이동하자 그때부터 홀어머니가 원주로 와서 삯바느질하며 그를 뒷바라지했다. 그러니까 오늘의 그가 있을 수 있었던 첫 번째 이유는 영희 누나 덕분이다. 2015년 84세로 타계한 그녀에 대한 시인의 애틋한 마음은 두 편의 시 「영희 누나」와 「조그만 발—영희 누나」에 잘 나타나 있다.

겨울이면 방에서도 잉크가 어는 원주에서의 춥고 무서운 기억은 그 뒤 그를 강인한 정신으로 묶는 매개가 되었고, 그런 뼈저린 궁핍에 대한 추억은 그를 문학의 길로 안내한 가장 근원적인 모티브가 되었다고 한다.

29세 때부터 35년간 대학교수를 지내면서 지금까지 10권의 시집과 60여 편의 중단편소설을 발표했다. 2018년 12월엔 등단부터 50년 동안 쓴 그의 소설들을 묶은 『오탁번 소설』(전 6권)이 나왔다. '우리들 중의 하나'를 주인공으로 시대의 모순을 냉소적인 유머와 위트로 드러낸 등단작 「처형의 땅」으로부터 10월 유신을 풍자한 「우화의 집」, 사회혁명의 모순과 개인의 역사의식을 다룬 「굴뚝과 천장」, 권력에 대한 인간의 탐욕을 비판한 「우화의 땅」, 전쟁의 비극과 인간애를 다룬 「달맞이꽃」 등이 실려 있다.

어린 시절의 꿈과 가족의 사랑, 그리고 전쟁의 공포와 현실에 대한 분노와 좌절이 아름답게 혹은 참혹하게 꿈틀거리는 작품들 속에서, 역사와 현실을 직시하는 소시민과 지식인의 모습이 예술적으로 승화되어 있음을 볼 수 있다.

4

니체는 자기 창조의 변신 과정을 세 단계로 제시했다. 순종과 복종으로 짐을 지고 가는 낙타의 삶과, 힘과 의지로 자유와 명령을 상징하는 사자의 삶을 지나, 망각을 통한 새로운 세계에 대한 발견으로, 새로운 놀이를 시작하는 어린이의 단계가 그것이다.

그는 그곳에 다다른 걸까. 방황과 고뇌, 위엄과 명예를 모두 망각한 듯, 백운초등학교 1학년 어린이로 돌아간 듯한 시인은 말끝마다 장난기가 발동한다.

— 얼마 전에 미군 부대에서 중고품 헬리콥터가 나와서 사려고 하는데 돈이 좀 모자라. 성금으로 9할은 모였는데 1할이 더 필요해. 그걸 사야 내가 술을 진탕 마시고도 서울을 오갈 수 있거든. 음주 단속에도 안 걸리니까. 그러니 온 김에 조금 내놓고 가시게나.

깜빡 속고 그게 얼마냐고 물었다.

— 1천만 원밖에 안 돼.

얼굴에 웃음기 하나 없이 천연스레 던지는 농담에 나중에야 웃음보가 터진다.

교실에서 나와 낚싯대가 드리워진 연못가 정자로 자리를 옮긴다. 바둑과 낚시가 취미라는 시인과 주거니 받거니 막걸리잔을 비운다. 뜨거운 햇살 사이로 은총 같은 바람이 지나간다.

— 영희 누나 덕분에 원주중학교에 진학하고, 원주고등학교 때는 3학년 2학기를 다 못 채우고 자퇴했지만 졸업장을 우편으로 받고, 대학 입학시험 때는 수학 문제를 풀어보지도 않고 답을 썼지만 그게 용케 맞아서인지 합격하고, 육사 교관 시험 볼 때는 병적의 치명적인 약점을 나도 모르는 사이에 그쪽에서 말소시켜주고, 유신체제를 까놓고 풍자한 소설 「우화의 집」을 썼지만 붙잡혀 가지도 않고. 이게 모두 불가사의한 운명의 장난 아니겠어?

누가 보아도 부러운 생애의 풍경이다. 그러나 거저 얻는 것도 없고, 얻은 것에 대한 대가가 없는 것도 없는 것이 인생이다. 그의 삶의 궤적을 보면 치열하고 성실하게 살아온 모습이 곳곳에 드러나 있다. 이제 그는 우리나라 문단에 획을 긋는 대시인으로, 슬하에 오정록, 오가혜 남매를 두고 손주를 기다리는 할아버지이며, 자연 속에서 텃밭 농사를 짓는 자유로운 농부로 살아가고 있다. 앞으로 그는 원서문학관이 사람들의 슬픔과 외로움을 나누고 위로할 수 있는 자리가 되었으면 좋겠다고 한다. 모든 것을 초월한 듯, 원대한 계획이나 꿈 같은 것은 없단다. 두루마리 휴지 풀어지듯 가벼운 목소리로 말하는 소박한 희망이 뭉게뭉게 구름이 되어 하늘가에 걸린다. 하늘을 바라보던 시인이 담배 연기를 깊이 내뿜는다.

— 살 만큼 살았어. 깨끗하게 미련 없이 다 내려놓고 다 잊는 거지. 죽음? 두렵지 않아. 너 왔어? 하며 반갑게 맞을 거야.

진정한 웃음과 풍자는 이렇듯 여유로운 자조와 관조를 바탕으로 피어나는 것 아닐까. 기존의 틀을 벗어나 새로운 세계를 지향하는, 천진과 해학으로 놀이하는 인간, 오! 탁번. 노자의 말씀마따나 대교약졸大巧若拙이다.

(『한국산문』, 2019. 9)

은근슬쩍 염염한 골계미

박원식(소설가)

1

오탁번의 시는 쉽고 통쾌하고 재미있다. 술술 읽혀 가슴을 탕 치니 시 안에 삶의 타성을 뒤흔드는 우레가 있다. 능청스러우나 깐깐하게 세사의 치부를 찍어 올리는 갈고리도 들어있다. 은근슬쩍 염염한 성적 이미지들은 골계미를 뿜어 독자를 빨아들인다. 시와 시인의 삶은 정작 딴판으로 다를 수 있다. 오탁번은 여기에서 예외이다. 그의 시와 삶은 별 편차 없이 닮았다.

어느덧 으슥한 노경에 접어들었지만 오탁번의 시작 활동엔 휴업이 없다. 작년에는 시집 『알요강』으로 '목월문학상'을 받았다. 국내 문학상 중에서 상금이 최고로 많은 이른바 '큰상'이다.

나는 『알요강』을 펼쳐드는 순간 터져 나오는 웃음을 참을 길이 없었다. 앞 페이지에 나오는 '시인의 말'부터가 '오탁번표' 해학의 폭죽이지 않은가. 그지없이 짤막한 시인의 말의 내용을 보시라.

— 오탁번 새 시집 『알요강』이 나온대.
— 아직 안 죽었나?
— 죽긴. 요즘도 매일 소주 한 병 깐대.
— 정말?

몽고 반점 하나 달고 이 풍진 세상에
나는 또 태어난다.
찰싹, 볼기를 때리는 할머니의 손이 맵다.

오탁번과 마주앉은 곳은 충북 제천시 백운면 산촌에 있는 원서헌 작업실. 그는 고려대 국어교육과 교수로 재직하다가 은퇴했다. 폐교를 손질해 꾸민 원서헌은 퇴직 이후의 삶이 실린 창작공간이다. 얼마 전에 마련한 용인시에 있는 시니어타운의 아파트(그는 이를 '아내의 집'이라 부른다)와 이곳을 오가며 지낸다.

날마다 소주 한 병을 눕힌다고 했지만, 이곳에서 그가 하는 일은 아마도 주로 창작일 게다. 여차하면 흥겨워 한잔 마시듯이, 여차하면 설레어 작품에 손을 대는 사람. 그게 오탁번이다.

● 이제 손에 쥔 물처럼 새나가는 세월에 눈이 가고 마음이 가게 되시는가?

— 정말이지 이 나이 먹도록 내가 살아 있을 줄을 몰랐다. 다행히 남들에게 큰 욕먹지는 않고 살았는지 모르겠다. 밥값은 하고 살았는지. 그렇더라도 이건 너무 오래 산 거 아닌가?

● 장수시대다. 오래 살고 싶지 않으신가?

— 작년 봄에 투병 중인 이어령 선생을 만났는데 이런 얘기를 하시더라. 김유정이나 이상이나 다들 30세가 못 돼 죽었다고. 선생 자신도 30세를 넘겨 살 것을 상상조차 하지 못했다고. 뭔가 공감되는 기분이더라. 오래 산다는 거, 그거 좋은 것만은 아니다. 불편한 게 많거든. 요즘 치과 다니느라 죽을 지경이다. 몸 여기저기 땜질하며 산다.

● 동양의 정신 중에는 노경을 삶의 절정으로 보는 관점이 있다.

— 육체적 노쇠를 빼고 따지자면 그렇게 볼 수도 있겠지. 꽃으로 말하면 가장 활짝 핀 상태가 노경이지 않겠는가. 핀 꽃이 마침내 지는 게 죽음이고. 내가 바라는 건, 통째 톡 떨어지는 동백꽃처럼 순간의 미학 속에 지고 싶다는 것이다.

● 나이 들며 찾아오는 태도의 변화에는 어떤 게 있을까?

— 그냥저냥 사는 거지 뭐. 몇 년 전 담낭절제수술을 받아 쓸개 빠진 놈이 됐다. 이제 줏대 없이 그냥저냥 살면 된다. 그동안 줏대 있는 척 사느라고 무지무지 애먹었다고. 어휴! 속 시원한 거라. 늘그막에 내 인생의 표리부동을 청산했거든.

2

특유의 화통한 언설이 흘러나온다. 언설만이 아니라 오탁번의 시는 흔히 자신의 밑바닥을 샅샅이 훑어 허울과 가면을 잡아내는 자가 심문의 시어들로 직조된다. 그는 일찍이 시라는 차가운 수사관 하나를 고용, 자신을 미행시키고서 불쑥불쑥 불심검문을 하도록 하명해둔 것 같다. 시로써 자신을 치고 때리니 말이다. 공자가 설한 뉴스 제목을 가져오자면 '신독慎獨'(남이 보지 않더라도 엄히 자신의 행세를 점검하라는 뜻)이다.

문학은 재능과 열정의 폭발이 있고서야 가능하다. 오탁번의 문예적 발화發火는 이르고 화려했다. 20대 때 중앙지 신춘문예에 동화를 필두로 시와 소설까지 연달아 당선, 문단에 화제를 뿌렸다. 이후 소설에 주력하다 중년 즈음부터 시 쓰기에 몰두해왔다. '제 명대로 못살 것 같은 소설 창작의 어려움 때문'이었다.

● 시란 무엇일까.

— 어깨에 힘만 주어서는 가능할 수 없는 장르가 시다. 자기 부끄러움에 관한 고백! 내겐 시의 의미가 그렇다. 내 안에 숨어 있는 악마적인 걸 다 까발리는 행위가 시이고 문학이다. 외롭고 어두운 길을 나 혼자 걸으면서 좋은 시의 참모습과 우리말의 아름다움을 찾아온 지 반세기가 지났다. 그동안 나는 어깨에 힘을 잔뜩 주는 시를 멀리해왔다. 언어를 송두리째 허물면서 그럴듯하게 그냥 쓰는 시는 사실 겉모습은 시 같지만 진짜 시는 아니거든. 아는 말도 사전을 몇 번이나 되찾아 보고 무심하게 지나쳤던 자연의 작은 소리에도 귀 기울인다. 어린아이의 천진한 몸짓을 배우려고 애쓰고 어린 아이가 말을 배우기 전의 아직 발화되지 않은 언어는 어떤 모습일까 궁금해한다.

● 선생은 지난날 글 쓰는 사람의 처절함과 맹렬함을 자살폭탄조에 빗대었다. 지금도 그런 생각하시나? 쉽게 읽히는 시로 보자면 한칼에 내려치듯 단번에 가볍게 써내려갈 것만 같은데.

— 한칼에? 어림없는 얘기다. 난 순우리말의 아름다움을 벼려 시를 쓰는 사람이지 않은가. 늘 사전을 찾아가며 시를

짓다 보면 하염없이 긴 시간이 소요된다. 진통을 자심하게 겪으면서 말이다. 과거나 지금이나 창작이 너무 어렵고 힘들어서 코피를 쏟으며 쓴다. 문학뿐이겠는가? 삶 자체도 마찬가지. 난 실로 코피를 흘려가며 살아왔다. 아이고, 이런 나를 두고 남들은 누릴 것 다 누리며 쉽게 쉽게 시를 쓴다고 오해를 하네.

● 조지 오웰은 작가의 창작 동기 네 가지를 꼽았는데 순전한 이기심, 즉 명예욕을 첫째로 꼽았다. 어떻게 생각하시나?

— 명예는 멍에의 다른 이름 아닌가? 난 명예를 얻기 위해 문단의 패거리 놀음에 끼거나 눈웃음을 판 적이 없다. 내가 최고라는 자부심은 가지고 산다. 그런 게 없다면 어떻게 쓰며, 어떻게 견디겠는가. 그러나 내 시에 숨겨진 보석을 보지 못하는 사람들도 많다. 뭐 어쩌겠나?

● 좋아하는 시인은?

— 시라는 건 거미줄에 맺힌 아침이슬 같은 것이다. 거기에 돌을 얹어 거미줄을 끊어버리는 식의 시를 쓰는 시인이 흔하다. 그런 점에서 정지용은 단연 최고의 시인이지. 그의 시 「백록담」을 보라. 기막힌 수작이지 않은가. 고어와 토속어를 빈번히 사용해 시어의 영역을 넓히고 모국어를 확장한 미당도 백석도 내가 좋아하는 시인이다.

3

작업실 밖 뜰엔 겨울나무들. 거머쥔 것 하나 없는 나목들이 수도승처럼 허심한 표정을 짓고 있다. 오탁번은 이곳에서 지내며 많은 나무들을 심었고, 텃밭을 일구기도 했다. 이젠 심고 가꾼 게 너무 많아 관리가 버거울 지경이다.

저만치 사방에서 성벽처럼 에워싸고 범람하는 산경山景마저 일쑤 허허로운 건, 한번 가면 다시 못 오는 사람과 달리 자연은 순환과 회춘을 일삼아서일 것이다. 그러나 자연이 주는 도저한 감흥은 노시인의 정신적 체력으로 작용할 것이다. 별에 닿을 시, 산야에 맞먹을 시를 쓰고 싶게 하는 열망의 원천일지도.

그런데 오탁번의 삶과 문학의 진정한 원천은 작고한 어머니이다. 우리는 흔히 신성한 신전에서 읍소하거나 백두산이 드높아 자세를 낮추지만, 오탁번은 어머니를 생각할 때면 고개를 숙인다.

● 뜰 한쪽, 햇살이 들이치는 자리에 어머니의 조상彫像을 세웠는데?

— 어머니는 나의 종교다. 단순히 나를 낳아 길러주신 모성을 향한 고마움 때문이 아니다. 나의 상상력과 몽상의 원천이기도 했거든. 우리 집은 너무도 가난해 산나물 죽과 소나무 속

껍질로 허기를 달랬다. 그 극도의 가난 속에서도 어머니는 밤이면 필사본 심청전 같은 걸 읽으시더라고. 그런 어머니를 바라보며 자란 과정 자체가 나의 문학 공부였던 셈이지.

● 고향에 문학관을 꾸린 건 결국 어머니가 못내 그리워서?

— 그렇지. 나에겐 스승 이상의 길이자 현재진행형의 신앙이니까. 문학청년 시절의 어느 날, 난 술 마시고 미쳐 한강에 빠져죽으려 했다. 그런데 어머니 생각이 나서 죽을 수가 없던걸. 요즘도 힘든 일이 있을 때면 어머니를 찾는다. 어머니! 이거 어떡해요? 그러면 어머니가 응답하시더라. 텔레파시로.

● 어떤 응답을?

— 무얼 망설이느냐, 네 뜻대로 해라! 매번 그런 답이 돌아온다. 일찍이 어머니는 어린 나에게 항상 이렇게 말씀하셨다. 이런 어머니 밑에서 자란 자식이라면 누구나 죄짓지 않고 살 수 있는 거지.

4

오탁번이 냉장고에서 꺼내온 술병을 탁자에 올리더니 잔을 채운다. 이슬처럼 투명해 바라보는 것만으로도 카타르시

스를 느끼게 하는 소주다. 큰 공을 들이지 않고도 판타지의 회랑을 산책할 수 있게 하는 게 '소주 한 병'이다.

● 주량보다는 음주가 주는 감각의 광량光量에 더 심취하는 술꾼 아닌가?

— 내가 좋아하는 글귀가 있다. 일독 이호색 삼음주一讀 二好色 三飮酒라! 이건 추사가 제주 유배에서 풀려난 시절에 쓴 현판 글씨이다. 독서와 색과 술을 즐길 만한 것들 중에서 으뜸으로 쳤으니 인생의 정곡을 찌른 게 아니겠는가. 음주를 세 번째에 둔 건 술로 자칫 망가질 수도 있어서일 거라 본다. 반면에 독서를 첫 손에 꼽은 건, 놀 때 놀더라도 독서를 먼저 해 정신부터 채우라는 뜻일 것 같다. 호색의 색을 반드시 섹스로 읽을 일도 아니겠지. 색즉시공色卽是空의 그 '색'과도 무관하다곤 할 수 없을 테니까.

● 술이 아니더라도 삼라만상에 취하기 쉬운 게 시인이다. 선생 역시 자연에 취해 지내고 있으신가.

— 자연과 더불어 늙다 보니 내가 이젠 어린애가 다 됐다. 순진성, 천진성이 내 안으로 들어오는 걸 느끼는 것이지. 내가 사물을 찾아 바라보는 게 아니고, 어린아이처럼 그저 사물이 보여주는 그대로 보게 되더라고. 일부러 찾을 때엔 보이지 않던 것들이 보이더라는 얘기다. 이거 아는가. 갓난아이는 촛불을 보면 예쁘니까 만지고 싶어 하고 먹고 싶어 한다.

촛불의 아름다움을 눈에 보이는 그대로 느끼는 갓난아이의 마음. 이게 바로 시인의 마음이다.

5

노구에 서린 세월의 흔적이 좀은 쓸쓸하지만 카랑카랑한 결기와 시퍼런 촉은 여전하다. 안경 너머 핼쑥한 두 눈은 간간이 빛을 뿜는다.

언젠가 그는 말했다. 시인의 시선은 나무를 밑에서 보는 게 아니라 하늘을 나는 매처럼 위에서 내려다보는 것이라고. 만해의 「알 수 없어요」를 해설하면서 '꽃도 없는 깊은 나무'라는 실상을 볼 수 있는 것은 사람의 눈이 아니라 매의 눈이라고.

● 시인의 시선은 꼭 유별나야 하는가?

— 감히 물아일체物我一體를 느낀다고 하면 건방진 소리이겠지만 이젠 일체의 것들에 감정이입이 자연스럽게 된다. 그 무슨 힘으로 나리꽃 새싹은 굳은 땅을 뚫고 거침없이 솟아올라오는가? 경이로워 새싹의 마음이 되곤 한다. 이젠 마음대로 별짓을 다해도 법도에 어긋나지 않을 것 같은 기분에 사로잡히기도 한다. 나이 때문이겠지. 마지막엔 자다가 꼴깍 숨

넘어가야 제일 좋을 텐데.

● 훗날의 일을 미리 앞당겨 걱정할 필요가 있을까?

— 먼 훗날이 아니라 바로 내일일 수도 있겠지. 요즘 내가 궁리하는 게 있다. 히말라야에 가서 나날을 보내고 싶다는 생각을 하고 있다. 살아 있는 날까지 설산을 바라보며 일기 형식의 글을 쓰고 싶은 거다. 바라보는 설산이 꼭 히말라야가 아니라도 좋겠지. 내가 소멸한 뒤엔 꼭 나를 빼다 박은 책 한 권쯤 나오겠지.

(『브라보 마이 라이프』, 2020. 2)

| 작가 연보 |

1966년 『동아일보』(동화), 1967년 『중앙일보』(시), 1969년 『대한일보』(소설) 신춘문예로 등단.

1971년 육사 국어과 교관. 육군 중위.

1973년 육사 전임강사. 육군 대위.

첫 시집 『아침의 예언』(조광).

1974년 수도여사대 전임강사.

첫 창작집 『처형의 땅』(일지사).

1976년 수도여사대 조교수.

논문집 『현대문학산고』(고려대 출판부).

1977년 창작집 『내가 만난 여신』(물결).

1978년 고려대 국어교육과 조교수.

창작집 『새와 십자가』(고려원).

1981년 고려대 부교수.

창작집 『절망과 기교』(예성).

1983년 고려대 교수.

하버드대 한국학연구소 방문학자.

1985년 제2시집 『너무 많은 가운데 하나』(청하).

창작집 『저녁연기』(정음사).

1987년 한국문학작가상.

소년소설 『달맞이꽃 피는 마을』(정음사).

창작집 『혼례』(고려원).

1988년 논문집 『한국현대시사의 대위적 구조』(고려대 민족문화연구소).

창작집 『겨울의 꿈은 날 줄 모른다』(문학사상).

1990년 평론집 『현대시의 이해』(청하).

1991년 제3시집 『생각나지 않는 꿈』(미학사).

산문집 『시인과 개똥참외』(작가정신).

1992년 문학선 『순은의 아침』(나남).

1994년 제4시집 『겨울강』(세계사).

동서문학상.

1997년 정지용문학상.

1998년 계간시지 『시안』 창간.

평론집(개정판) 『현대시의 이해』(나남).

산문집 『오탁번 시화』(나남).

1999년 제5시집 『1미터의 사랑』(시와시학사).

2002년 제6시집 『벙어리장갑』(문학사상사).

2003년 『오탁번 시전집』(태학사).

오세영·김현자 외 『시적 상상력과 언어—오탁번 시읽기』(태학사).

한국시인협회상.

2006년 제7시집 『손님』(황금알).

2008년 (사)한국시인협회장.

산문집 『헛똑똑이의 시 읽기』(고려대 출판부).

고려대학교 교수 정년퇴임.

2009년 활판 시선집 『사랑하고 싶은 날』(시월).

국보사랑시집 『불멸이여 순결한 가슴이여』(한국시인협회 편, 공저, 홍영사).

2010년 제8시집 『우리 동네』(시안).

김삿갓문학상.

은관문화훈장.

2011년 고산문학상.

2012년 육필시선집 『밥 냄새』(지만지).

2013년 시선집 『눈 내리는 마을』(시인생각).

2014년 제9시집 『시집보내다』(문학수첩).

2015년 산문집 『병아리시인』(다산북스).

2018년 오탁번 소설 1 『굴뚝과 천장』, 2 『맘마와 지지』, 3 『아버지와 치악산』, 4 『달맞이꽃』, 5 『혼례』, 6 『포유도』(태학사).

2019년 제10시집 『알요강』(현대시학사).

목월문학상.